Beauty and the West Chamber

1

Winslow & Ruoyejun

Aus dem Chinesischen übersetzt von
Susanne Hornfeck und Nelly Ma

Inhalt

湖北
安徽
南京
浙江

Einführung

In den 20er und 30er Jahren, während der Kriege zwischen den Warlords, trifft der aufsteigende Pekingopernsänger Chen Qiming, spezialisiert auf die Rolle des jungen Kriegers, den neu in die Stadt gekommenen Kommandeur Yan Ci , einen chinesisch-russischen Mischling. Chen Qiming wird in die Machtkämpfe der Warlords verwickelt und gerät dort in Gefahr, wird aber auch unterstützt. Auch in seiner Theatertruppe erlebt er Neid und Freundschaft. Dabei erkennt er, dass Yan Ci auch noch ein anderes Gesicht hat. Die problematische Beziehung zwischen den beiden reicht bis in ihre Kindheit zurück und wurde von den historischen Ereignissen bestimmt. Vor unseren Augen entfaltet sich die verworrene Geschichte zwischen Opernwelt und Schlachtfeld.

Figuren-porträts

Chen Qiming

Spielt in der Chunyang-Truppe die Rolle de
Bärtigen Mannes sowie die des Kämpfers.
Stammt aus einer wohlhabenden Familie, di
von einem Kriegsherren ruiniert wurde, un
landete schließlich im Pekingopernmilieu.
Operngesang ist seine Leidenschaft. Wege
seiner Kindheitserinnerungen verabscheut e
die Kriegsherren.

Yan Ci

Chinesisch-russischer Mischling und neuer Kommandant der Garnisor Yancheng. Sein Vater war verantwortlich für den Ruin der Familie Chen. Weil Chen Qiming in der Kinderzeit gut zu ihm war, hält er immer eine schützende Hand über den ehemaligen Freund.

Wei Xixing

Kriegsherr in Yancheng. Eigentlich steht seine politische Fraktion Yan Ci feindschaftlich gegenüber, aber aus Bewunderung für den Halbrussen versucht er, ihn auf seine Seite zu ziehen. Er hält Pekingopern für kitschige Schnulzen.

Yao Qingshan

Spielt in der Chunyang-Truppe die Rollen der jungen Frau und der frivolen Verführerin. Seine Eltern verkauften ihn an Menschenhändler und er landete schließlich bei der Pekingoper. Obwohl er ein berühmter Schauspieler wurde, hasst er seinen Beruf. Er ist feinfühlig und sensibel.

Chen Yaoguang

Chen Qimings Halbbruder und Student an der Yancheng-Universität. Liebt die Pekingoper genauso wie sein Bruder. Trotz seiner Intelligenz und Empfindsamkeit ist er ein ziemlich schräger Typ.

Min Fusheng

Boss der Chunyang-Truppe, er führt den Künstlernamen „Weißer Kranich in den Wolken". Eine der tragenden Säulen und Zunftmeister der Pekingoperntruppen. Lehrer von Chen Qiming, aufrichtig und humorvoll.

Wanyan Shuying

Berühmter Filmstar und Tochter aus reicher Familie. Mitschülerin von Xia Zhiqiu aus der Oberschule. Obwohl sie in unterschiedlichen Branchen arbeiten, sind sie unzertrennliche Freundinnen.

Xia Zhiqiu

Sie ist die Tochter von Min Fusheng und heißt ursprünglich Min Chunyang. Weil ihr Vater ihre Leidenschaft für die Oper unterdrücken will, bricht sie mit diesem und wendet sich der konkurrierenden Ruihe-Truppe zu.

Heller Mond am Himmel,
silberne Zitterklänge erfüllen die Nacht.

Jede Familie hat ihre Sorgen,
keine Straßenlaterne brennt ohne Sinn.

Am Stadttor wiehert das dunkle Ross,
auf der Mauer verklingen letzte Hornsignale.

Oft kommen müde Besucher vorbei.
Tausende Vögel singen im Ostwind,
unbemerkt fallen ihre Tränen.

Ach herrje!

Ist das die Brücke, die Seelen verwirrt,
die Grotte der betörenden Düfte?*

*Zitat aus Zhang Jiliang,
Goldene Terrasse der letzten Tränen (*Jintai canlei ji*).

Kapitel I: Das Wiedersehen

Unterkapitel I-1: Wollten wir der Oper nicht fernbleiben?

Tausende Vögel singen im Ostwind,
unbemerkt fallen ihre Tränen.
Ach herrje!
Ist das die Brücke,
die Seelen verwirrt,
die Grotte der betörenden Düfte?
雲鶴遊天

W-w-willkommen, General Wei! Und ...
Sag Boss Min, dass heute ein Ehrengast kommt.
Gut, gut! Wir sind bereit!
...

*Shifu bedeutet Meister.

Großer Bruder, will Shifu wirklich lieber sterben,
als sich zu beugen?!
Immer diese Respektlosigkeiten! Was faselst du da, Chen Qiming? Du weißt doch, dass Shifu sich vor einem Auftritt oft betrinkt.
Hick.
Wei Xixings Leute haben bereits Platz genommen,
Shifu ist schon wieder ...
Ist Shifu erst mal so besoffen, wird er ...
in den nächsten acht Stunden nicht aufwachen.
Einst war ich ein freier Mann in den Hügeln des kauernden Drachens ...

Boss Min, beeilen Sie sich! General Wei bittet Sie ...
Ein Schläfchen?
Was erlaubt er sich?
Er, er ...
Herr Offizier! Immer mit der Ruhe!
Herr Min macht gern eine heiße Gesichtsmaske, so hält die Schminke besser!
Eine Gesichtsmaske?
Nur deswegen empfängt er unseren Kommandeur nicht? Was für eine Anmaßung!

Ihnen mag das lächerlich erscheinen, aber
vor einer Aufführung das Gesicht zu behandeln, ist üblich. Es dient der Darbietung, keinesfalls soll dies als Beleidigung gegenüber General Wei verstanden werden.

Aber heißt es nicht, Min, der Boss der Chunyang-Truppe, verachtet das Militär?
Sieh zu, dass die Oper besser klingt als dein Gefasel,
solche Gerüchte sollten sich nicht bestätigen.

Falls ihr es verpatzt ...

... aber danach sieht es nicht aus.
Was soll schon passieren!
Eine Vorstellung für General Wei
muß höchsten Ansprüchen genügen.
Auf Wiedersehen meine Herrschaften
Auf Wiedersehen - Auf Wiedersehen -
Schert Euch zum Teufel!

Ihr habt doch gewusst, dass heute wichtiger Besuch kommt!
Wie konntet ihr zulassen, dass Shifu sich derart volllaufen lässt?
Tja.
Natürlich weiß ich, dass Min, der „weiße Kranich in den Wolken“, unser erhabener Boss, die Kriegsherren verachtet!
Z Z Z
Aber sein Sauberkeitsfimmel treibt mich in den Wahnsinn!
Dieser Wei Xixing ist eine Nummer zu groß für uns!
Er hat mehr Menschen abgeknallt als wir Opern gesungen haben!
Wer sich ihm in den Weg stellt, ist dem Tod geweiht!

Er ist ein machtbesessener Kerl, der sich nur für Politik und Militär interessiert,
für Oper hat er nichts übrig und besucht zum ersten Mal eine Aufführung, er hat sich ausdrücklich die Chunyang-Truppe gewünscht!
Welche Ehre!
Und Min hat nichts Besseres zu tun, als ihnen ein heißes Handtuch entgegenzuschleudern.
Ich weiß von seiner Abneigung gegen Opernsänger.
Was hat ihn wohl bewegt, ausgerechnet uns sehen zu wollen?

Ach Chen Qiming, mein kleiner Buddha! Was soll's!
Eure Leben hängen an einem seidenen Faden. Was interessieren dich da noch seine Beweggründe?
Hast du nicht mitgekriegt, wie gefährlich das vorhin war?
Überlegt es euch gut,
Boss tritt in der vorletzten Nummer auf.
Wenn ihr es nicht schafft, ihn vor seinem Auftritt zu wecken,
Seine Majestät sprach dreimal in Nanyang vor ...
... Drei Reiche kämpfen um die Vorherrschaft in der Welt.
wird nächstes Jahr keiner unsere Gräber besuchen.

*Chang'e ist die chinesische Mondgöttin.

Schleim dich nicht so ein!
Auch wenn Wei kein Opernfan ist, wird er wohl merken, dass ich eine Frau spiele,
während Shifu die Männerrolle hat!
Jetzt rechnest du dich den Frauen zu ...
Es sei denn, wir finden jemand mit gleicher Stimmlage und Talent, der ihn als Double ersetzen kann, ohne dass es bemerkt wird.
Hä?
Moment mal,
meint ihr das ernst ...

Ich hätte nicht gedacht, dass ein junger General wie Sie, Yan Ci, nicht nur ein tapferer Feldherr sind,
sondern sich auch auf die schönen Dinge verstehen.
aum haben Sie Ihren Posten angetreten,
schon wollen Sie diese Truppe sehen.
Ein Schöngeist — wohl kaum,
aber unter den zwölf Nebenfrauen meines Vaters stammen drei aus diesem Milieu, darunter ein Mann.

...
Sind diese Darsteller wirklich Spitzenklasse?
Ich kenne sie nicht, bin aber sehr gespannt.
Übrigens, ...
... Ein alter Bekannter von mir hatte was mit denen zu tun.
Passt -
du machst wirklich was her.

Ich gehe zwar auf die Bühne, aber schaut, dass ihr euch aus dem Staub macht, falls etwas schiefgeht!

Unterkapitel I-2:

Die Ente, auf die Leiter gejagt, soll den Phönix geben

Hast du vergessen, warum Shifu dich ausnahmsweise aufgenommen hat?
Weil du ihn so gut imitieren kannst!
Nicht mal ich könnte euch unterscheiden,
geschweige denn Wei Xixing, der nie in die Oper geht!
Du hast doch gehört, was die beiden Soldaten vorhin gesagt haben.
Wenn sich Shifu nicht wecken lässt, bleibt uns gar kein anderes Mittel mehr.
Noch dazu
ein vornehmer junger Herr wie du, der sich in die zwielichtige Gesellschaft des Pekingopernmilieus begeben hat,
willst du ein Leben lang Schoßgeige spielen, bloß aus Angst vor einer Panne?
Gut, ich mach's.

Lotosschritte vor der Jadetreppe,
hinterm Kristallvorhang beobachte ich,
wie auf der Erde ein Menschenpaar sich liebt,
mit Melonen und Wein feiern sie das Mittherbstfest.
Das Pärchen unterhält sich beim Wein,
Hand in Hand schlendern sie,

sitzen Schulter an Schulter in der Herbstkammer,
um schließlich hinter dem bestickten Seidenvorhang des Himmelbetts zu verschwinden.
Einsam sitzt Chang'e im Mondpalast,
wer kennt meinen Kummer, meine Einsamkeit?
Solche Schnulzen verderben meine Soldaten!

Ich bereue, einst das Zauberkraut gestohlen zu haben, tagtäglich träume ich von grünem Meer und blauem Himmel.
Was habe ich gesagt. Wären wir bloß nicht hergekommen.
Dreht den Kopf
Hätte Yan nicht unbedingt diese Truppe sehen wollen ...
Schnarch
Schnarch
Was zum Teufel hattest du hier zu suchen?!!
... Diese Fratze ist hart wie ein Abortziegel,
das soll Wei Xixing sein?

Schaut wie bei einer Beerdigung,
Der Kerl hat sogar Angst vor der eigenen besseren Zukunft.
Du und Shifu, ihr steht euch in nichts nach in eurem Hass auf die Kriegsherren.
Dann sollte ich auch mit einem Handtuch auf dem Gesicht die Leiche spielen.
Aber egal, darüber zu reden bringt jetzt auch nichts mehr.

Wer ist das neben Wei Xixing?
Bruder steht so dicht davor, dass man ihn nicht erkennt.
Das weißt du nicht?
Yan Ci, der mit Wei Xixing hier ist.
Yan Ci?
Genau, der jüngste Sohn von Yan Botian, Erzfeind von Wei Xixing, und seiner russischen Nebenfrau,
gerade erst nach Yancheng gekommen, um den Posten des Stadtkommandanten zu übernehmen.

Was hast du, Zweiter Bruder?
Du bist plötzlich so bleich?
Ach, nur Lampenfieber, Bauchgrimmen.
Dieser Yan Botian,
schickt seinen Sohn als Stadtkommandeur?
Noch dazu der Sohn einer russischen Nebenfrau...
Kein Wunder, dass der Saal voll haariger Russen ist,
das muss die Leibgarde von Yan Ci sein.

Ich sehe ihn immer noch nicht. Diese Russen gleichen einer Horde Bären. Sieht Yan Ci auch ...
Wow, jetzt guckt er her!
Ha, ha! Ganz sch grimmig. Gar nich schlecht!
klatsch, klatsch
Schau, Erster Bruder ist gleich fertig.
klatsch, klatsch

** Hier sind Statisten ohne feste Anstellung gemeint.

* Die Erhu ist eine chinesische Schoßgeige.

Jetzt gibt es kein Zurück,
es sei denn ...
du willst dein Leben lang
hinter der Bühne versauern
und nie mehr im Rampenlicht
stehen.
Ein vornehmer junger Herr wie du
hat sich doch nicht in die zwielichtige
Gesellschaft des Pekingopernmilieus
begeben, um ein Leben lang Schoßgeige
zu spielen, bloß aus Angst vor einer
Panne.
Du bist nicht Chen Qiming,
der gleich beim ersten Auftritt
Buhrufe kassiert hat.
Sondern ...
der Boss der Chunyang-Truppe,
führend in der Stadt Yancheng,
Boss Min Fusheng,
Weißer Kranich in den
Wolken!

Außerdem hat Boss Min
niemals Lampenfieber!
Ganz gleich ob vor
Boss Min ...? Ach nein, ... Qiming ...
oder hinter der Bühne,
der Boss von Chunyang ist –

STETS EIN HELD!

Unterkapitel I-3:

Rückkehr zur Bühne

* Leicht verändertes Zitat aus der Pekingoper „Sieg über die Stadt Tanzhou“.

Endlich ist es dank Shifus List gelungen,
Qiming auf die Bühne zu kriegen …
Tee, Bruder.
Räusper.
Ach Shifu, du hast mich zu einem riskanten Schachzu verleitet.
Ob das wohl gutgeht?
Qingshan, hör doch –
wie fabelhaft Qiming singt …
Shifu!
Shifu, Sie sind ja wach! Ich hab doch mit eigenen Augen gesehen, wie weggetreten Sie waren …
Oje!
Dummerchen, ich wäre kein Schauspieler,
wenn ich nicht mal dich hinters Licht führen könnte.
Hört nur, sein Gesang ist einfach Spitze.
Dieser Qiming ist eben ein junger Phönix.
Stimmt, aber was, wenn der Schwindel auffliegt?
Wie denn? Wei Xixings Leute haben keine Ahnung,
und die von Yan Ci sind neu in der Stadt, die haben mich nie spielen sehen.

Sie haben das komplette Theater doch nur gebucht, weil ich so berühmt bin. Die wollen Spaß haben!
Denen geht es doch nicht um Operngenuss.
Sonst würden sie nämlich merken, dass der Junge auf der Bühne viel mehr wert ist als ich alter Knochen.
Sie hätten allen Grund, sich bei mir zu bedanken!
Lasst das nur Qiming nicht hören, sonst wird er womöglich überheblich.
Soll er ruhig,
ich fürchte eher, dieses Gefühl ist ihm fremd.
Qiming ist hochtalentiert und sehr fleißig.
Obwohl Opernsänger kein hohes Ansehen genießen,
liebt er diesen Beruf von Herzen.

Schade nur, dass sein Partner bei Qimings erstem Auftritt einen Fehler gemacht und ihn mit hineingezogen hat.
Qiming hat sich in seinen Verdruss über dieses Missgeschick so hineingesteigert, dass er sich ebenfalls verantwortlich fühlt.
Nachdem diese Sache passiert war, kam er von dieser fixen Idee nicht mehr los,
egal wie ich auch versucht habe, ihm zuzureden. Er war der felsenfesten Überzeugung, nocht nicht gut genug zu sein.
Er fürchtete sich davor, der Truppe wieder Schande zu bereiten und weigerte sich fortan hartnäckig, nochmals die Bühne zu betreten.
Natürlich ist es wichtig, eine Szene retten, aber er sucht die Schuld immer bei sich.
Es heißt, ein Schwert zu schleifen dauert zehn Jahre, aber wenn es nie ein Schlachtfeld sieht, bleibt es ein nutzloses Stück Metall.

So ist es.
Deshalb müssen wir ihn auf die Bühne zurückbringen, ohne dass er einen Rückzieher machen kann.
Ein gelungener Auftritt und er begreift, dass das damals nicht sein Fehler war.
Nur so kommt er wieder raus aus dieser Sackgasse
und betritt endlich wieder die Bretter, die seine Welt bedeuten.

Der da im weißen Gewand, ist das nicht Boss Min?
Der ist wirklich nicht schlecht.
Mein General, Sie haben Geschmack bewiesen. Das Stück „Sieg über die Stadt Tanzhou“
wurde extra für Sie ausgesucht, es wird sonst selten gezeigt.
„Sieg über die Stadt Tanzhou“ … Boss Min hat eben ein gutes Händchen in der Wahl seiner Stücke.
Yang Zaixing, beeindruckt von der Intelligenz und dem strategischen Geschick des gegnerischen Heerführers Yue Fei,
ergibt sich, um mit diesem gemeinsam die feindlichen Jin zurückzuschlagen und sich so in die Geschichte einzuschreiben.

Wie findet denn der junge General Yan das Stück?
Eine hervorragende Wahl, ohne Zweifel.
General Yang, Eure Vorfahren waren stets loyal und bei Hof geschätzt. Überzeugt von meinen Worten,
wechseln Sie das Lager, verlassen die Dunkelheit, treten ins Licht
und ordnen sich unserem Kaiser unter. Ein hohes Amt erwartet Sie.
Als Kind hat mich meine Mutter oft in den Zirkus mitgenommen.
Diese Oper ist aber viel schöner, Herr General.

... Zirkus?
Waren Sie schon mal im Zirkus?
Tiger und Affen,
die sich wie Menschen benehmen und dem Publikum zeigen, was es sehen will.
Aber ...
schließlich sind das nur Tiere.
Menschen können ihresgleichen viel besser schmeicheln.
Das erklärt, warum die Oper über dem Zirkus steht. Was meinen Sie, General Wei?
Dieser Lausejunge, verpackt seine Kritik in Lob,
tut so, als ob er nichts verstünde ...
Umso wichtiger, ihm ein Halsband anzulegen.

Heute treten Generäle gegeneinander an, die Offiziere dürfen nur zusehen.
Die Disziplinlosigkeit deiner Armee ist wirklich eine Schande!
!
Ach!
Herrje!
Du liebe Güte, wenn man vom Teufel spricht ...

*Russisch: Vorsicht!!

Trommelwirbel!
Seht bloß!
Mit den Augen von Yan Ci
Mit den Augen von Chen Qiming
Himmlische und irdische Tugend
Der Kranich fliegt durch die Wolken
Mit den Augen des Publikums

Peng!

Krach!

* Sohn von Yue Fei

Bravo!
Potz Blitz, was für ein Schlag!
Wie der hochgesprungen ist
und mit dem Speer den Hammer runtergeholt hat!
Ist er ihm entglitten oder war das Absicht?
Kein Wunder, dass er Weißer Kranich in den Wolken heißt.

Ist doch egal! Sah jedenfalls toll aus!
Die unbestrittene Nummer eins in Yancheng!
Das war knapp, der Hammer ist genau auf Yan Ci zugeflogen.
ch will den Kleinen zwar nicht ewig behalten, aber hier rrecken soll er nicht ...
Was soll dieser veränderte Malstil und was macht der Blumentopf da? Wenn du ihm Blumen schenken willst, dann bitte ohne Topf. Denk ein bisschen mit!
Fuck!

General Wei, gestatten Sie mir eine Frage.
He, was soll das! Lass los! In habe noch vor, den Präsidentenpalast in Nanjing zu bombardieren und China zu vereinen!!!!! Auf keinen Fall kehre ich mit dir in den Nordosten zurück!
Ich möchte diesen Sänger zu meiner männlichen Nebenfrau machen. Wie stelle ich das am besten an?
Kannst du nicht deinen Vater fragen?
Keine Gnade mit einem alten Mann?

Unterkapitel I-4:

Yan Ci soll ein Bär sein?

!!
Ach Shifu ...
Mich auf so fiese Art reinzulegen ...
Die Seele ist zurück,
aber der Schreck vorhin hätte sie fast wieder verjagt.

Dann musst du eben öfter auf der Bühne herumspringen, um sie festzuhalten!
Du bist einfach am lebendigsten,
...
wenn du auf der Bühne stehst.
Dein Schüler bedankt sich für die Fürsorge, Shifu!

Ich fühle ich mich nicht wohl und habe einen Arzttermin. Ich geh schon mal los.
Wie?
Packt zusammen und geht nach Hause ...
He, du hast es mit List und Tücke geschafft, Qiming auf die Bühne zu kriegen!
Wusch-
Gute Schüler sind nicht leicht zu finden!
Hattest du mir nicht versprochen, dass er bei mir Geige lernt, wenn er nicht singt?
Geiger der Chunyang-Truppe
Dein Schüler, mein Schüler
Dein Schüler ist auch mein Schüler!
Leck mich doch!

Geht es Shifu mal wieder nicht gut?
Keine Sorge, nichts Ernstes.
Den Arzttermin nach der Vorstellung hat er nur,
Das alte Leiden.
weil er den Kriegsherren aus dem Weg gehen will.
Bloß ein Vorwand. Mach dir keine Gedanken.
Mach ich auch nicht. Shifu ist putzmunter.
Wenn er mich mal wieder ums Theater jagt, weil ich ihn geärgert habe,
holt er mich selbst mit drei runden Vorsprung noch ein.
So ein Quatsch.

Wer Angst vor Shifus Prügeln hat, sollte besser seine Requisiten aufräumen.
Sonst jage nämlich ich dich dreimal ums Theater.
Großer Bruder! Zweiter Bruder! J-j-j-j-jemand
bringt einen Blumenkorb!!!!!
Hast du denn vergessen, heute bin ich Boss Min. Qingshan, mein braver Schüler, räume für deinen Shifu auf …
Was schreist du so? Nie einen Blumenkorb gesehen?
Als wäre dir ein Gespenst erschienen.
Sonderbar ist das schon, wer schickt denn erst nach der Vorstellung …
OH MY GOD

Я ЛЮБЛЮ ТЕБЯ
Falls es für Boss Min ist, dem geht es nicht so gut.
Er ist bereits ...
Ist nicht für Herrn Min.
Was zum Teufel?!
Ha, so ein Wahsinnskorb kann nur für ihn sein.
Kopfschütteln

Unser Kommandeur sagt, der Korb ist für den jungen Herrn,
der heute Abend Yue Fei gesungen hat.
Mein Herr,
ich lade sie morgen um fünf Uhr zum gemeinsamen Abendessen ein.
Yan Ci

Da fragst du noch?
Für den Zweiten Bruder?
Kann es sein, dass du aufgeflogen bist?
Dieser Yan Ci ist wirklich komisch. Wenn er unseren Trick durchschaut hat, sollte er uns doch eigentlich böse sein. Warum schickt er stattdessen Blumen und eine Einladung?
Er hat sich in Zweiten Bruder verknallt. Will er was mit ihm anfangen? Unter den Reichen ist das durchaus üblich. Das Essen ist nur ein Vorwand …
Er hat Zweiten Bruder in der Hand und entlarvt ihn nicht. Deshalb steht Zweiter Bruder in seiner Schuld und kann die Einladung nicht abschlagen.
Hat Yan Ci nicht zur Hälfte europäisches Blut? Vielleicht ist er so veranlagt. Großer Bruder, dein zarter Körper ist hier nicht gefragt, es muss was Robusteres sein wie Zweiter Bruder. Strapazierfähiger.
Ha! Ausgerechnet er! Schau ihn doch an. So ein trainierter Körper ist nicht gerade sexy.
Man sagt, Europäer sind da anders … Wow, ich sehe eine fantastische Szene vor mir.
Ich mach mir eher Sorgen um Zweiten Bruder. Yan Cis Garde sieht aus wie eine Horde Bären. Und er ist der Oberbär …
Schluss jetzt! Macht mal 'nen Punkt! Vielleicht lädt er mich ein als Dank, dass ich den Hammer abgewehrt habe.

Aber dieser Korb ... Wenn er doch Hintergedanken hat?
Dann musst du laut um Hilfe rufen, Zweiter Bruder. Egal ob Rettung naht. Die Hoffnung stirbt zuletzt!
Zum Teufel mit deiner Rettung. Wo hast du Grünschnabel das alles her? Yan Ci ist doch kein Bär!
Hm ... eher nicht ...

Residenz, deren Hausherr angeblich ein Bär ist
Kühle senkt sich auf das tränennasse Kissen.
Die Milchstraße fließt dahin,
auf Erden fallen die Vorhänge.
Löse mein Seidengewand und frage:
Kleine Lotoskerne, jadegrün gestickt
Spärliche Lotosblätter, golddurchwirkt
Was wird die Nacht bringen?

Alte Zeiten, Gewänder von einst,
nur die Gefühle sind anders als damals zuhause.*
*Zitat aus dem Gedicht Lieder aus dem Süden von Li Qingzhao, einer bekannten Dichterin aus der Song-Dynastie
Wenn du dein Gesicht nicht zeigen willst, dann trage dies, aber verkriech dich nicht immer in deiner Kammer.

Am nächsten Morgen
Die ganze Nacht wurde ich von Bären verfolgt, hab kaum geschlafen ...
Knacks

Wo sind Shifu und großer Bruder?
Sie sind in aller Frühe los,
keine Ahnung wohin.
Zweiter Bruder, warum bist du so blass?
Hierher, Goldkäferchen!
Schwester Violett, schon wieder auf der Mauer?
Hab dir oft genug gesagt, du sollst mich nicht so nennen.

Violett, Sängerin im Freudenhaus zur blauen Fontäne
Ich muss dir was sagen! Als ich gehört habe, dass ihr Stimmübungen macht, bin ich gleich hergeeilt.
Jeden Tag dürft ihr umsonst unseren Gesang hören,
nächstes Mal kassieren wir.
Nicht so heftig, Schätzchen ...
Kannst du ihn nächstes Mal nicht rausbitten?
Du zwingst mich, unter deinen Rock zu schauen. Wie kann ich da eine Frau finden?
Jiang Shaocong, Polizist im Quartier

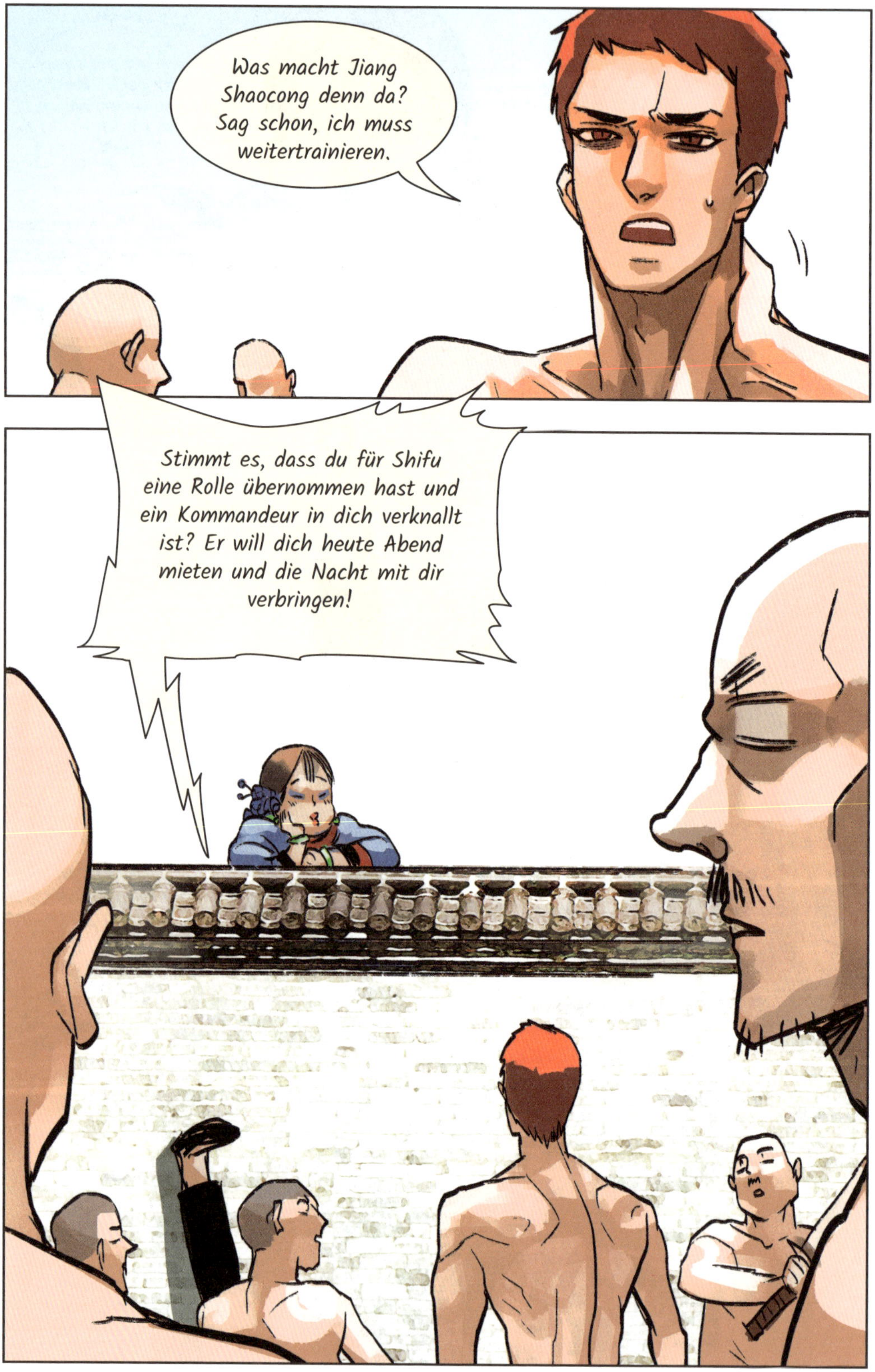
Was macht Jiang Shaocong denn da? Sag schon, ich muss weitertrainieren.
Stimmt es, dass du für Shifu eine Rolle übernommen hast und ein Kommandeur in dich verknallt ist? Er will dich heute Abend mieten und die Nacht mit dir verbringen!

Du ...
Soll ich dich ein bisschen unterweisen in der Kunst, Männern eine Freude zu machen?
Alles Gerüchte! Verschwindet dorthin zurück, woher ihr gekommen seid!

Die Wasserpfeifen
der alten Herren.
Der reine, süßliche grüne Tee
Im Restaurant nebenan auf Bestellung zubereitet.
Und die durchdringende Stimme,
die mit einem himmlischen Ton
die ganze Welt erhellte.

Kapitel II: Das Bankett

Unterkapitel II-5:
Sich allein in die Höhle des Löwen wagen

... am liebsten als General Zhao Zilong
Sieben Mal rein, sieben Mal raus.
Hört auf mit dem Quatsch!
Erst wolltest du nicht,
jetzt bist du doch hier.
Zeig uns deine Jünglingskraft!
Welche Rolle soll ich im Bett spielen?
Die von dem vornehmen Fräulein Cui Yingying oder
die von der tragischen Wang Baochuan ...

Wäre ich nicht gekommen,
hätte Polizist Jiang womöglich alles hinausposaunt.
Das ganze Viertel würde glauben, ich ...
Mach keinen Unsinn!
Wie? Was hast du vor?
Was heißt hier Unsinn. Dient alles nur deinem Wohl.

?
So wie du jetzt aussiehst, gefällst du höchstens jungen Mädchen.
Um die Gunst großer Kommandeure zu gewinnen,
Ratsch!!
müssen wir dich von Kopf bis Fuß ummodeln ...
Heutzutage ist es wichtiger, mit dem richtigen Mann zu schlafen, als gut zu singen. Nimm dir ein Beispiel an deinem Bruder, wie man das Herz eines Mannes vernaschen kann!
Wer will schon das Herz vernaschen. Her mit der Hose.
Und reißt mir nicht die Kleider vom Leib!
Bleib locker! Wenn du dein neues Ich siehst,
wirst du uns dankbar sein!

*Diese Technik habe ich von dem Disney-Film „Mulan“ abgekupfert.

Die Haut wird seidig und zart, ein Blick und ein Lächeln genügen, um andere zu betören.
Rosenduft breitet sich aus.
... Kommt darauf an, wen.

*Aufschrift unten: Hotel Jadesee

Hier entlang, Herr Chen.
Als Vater noch lebte, hat er uns häufig an solche Orte mitgenommen.
Prachtvolles Ambiente, elegante Musik,

in der Luft lag der Duft von feinem Essen ...
und Blumen.
Zigarettenrauch mischte sich mit dem Parfüm der Frauen.
Damals mochte ich solche Orte nicht.
Auch jetzt mag ich sie nicht sonderlich.

Das Theater war mir lieber.
Acht-Unsterblichen-Tisch
Lange Holzbänke
Snacks, Käse,
die Wasserpfeifen
der alten Herren.
Der reine, süßliche grüne Tee,
im Restaurant nebenan auf Bestellung
zubereitet.
Und die durchdringende Stimme,
die mit einem himmlischen Ton
die ganze Welt erhellte.

Vater erlaubte mir, Opern zu hören, aber nicht zu singen.
Das sei kein anständiger Beruf,
eine Schande.

An unzähligen Abenden
habe ich mir geschworen,
ich würde alles geben
für die Gelegenheit zu singen...
Mein Traum ging in Erfüllung.

Jetzt sitzt der Sohn des Mannes,
der meinen Wunsch „erfüllte“

nd mein „Retter“ und Feind
ugleich ist,

hinter diesem Vorhang.
Wie soll ich jetzt …
vor ihn hintreten?

Klimper
Unter so vielen Schauspielern hat er sich ausgerechnet mich ausgesucht, den Sohn seines Feindes.
Hätte ich das gewusst, hätte ich den Hammer nicht aufgehalten, dann wäre mir das alles erspart geblieben.
Mal sehen.
Klimper

Hä? Sieht gar nicht aus wie ein Bär…
Nicht nur kein Bär, sondern eine Schönheit aus einem europäischen Gemälde. Aber …
War mit Truppenverlegungen beschäftigt und hab den ganzen Tag nichts gesessen.
Hab schon mal angefangen, wenn es Sie stört, spuck ich's wieder aus.
Egal, soll er nur an diesem Panzertier knappern, dann muss ich ihm nicht mein kostbarstes Teil opfern!
Ho ho ho ho, He he he he Wa ya ya ya ya
Wäre doch zum Lachen, von so einer Erscheinung xxx zu werden.
Wie kann er mit so einem Riesenvieh im Mund noch sprechen …
Nicht doch. Wenn Sie Hunger haben, fangen Sie ruhig an. Nur keine Förmlichkeiten.

Shifu hat mir beigebracht, Menschen nicht nach ihrem Äußeren zu beurteilen.
Das gilt auch für Bären, glaube ich. Und wieso kam er mir im vorigen Kapitel nicht wie ein Bär vor? Nur weil er so schön ist?
Die Paarungszeit beginnt bei extremer Kälte in der sibirischen Steppe
MGTV1 Aus der Tierwelt
Jagender Bär
Dennoch kommen täglich solche Szenen vor.
So wie er zubeißt, ist er ein Bär, eindeutig ein Bär.
Der kräftige Braunbär ...
MGTV1 Aus der Tierwelt
Der großartige Prozess der Nahrungsaufnahme. Da kriegt man ja Halluzinationen.
... um seine Partnerin zu beeindrucken.

Ihre Einladung
ehrt mich.
Sie scheinen keinen Appetit zu haben, Boss Chen. Sie haben kaum etwas angerührt.
Wenn ich Sie sehe,
habe ich Hemmungen, weiter zu essen.
就这吃相你骗谁呢?!
Wie sähe es erst aus, wenn du keine Hemmungen hättest? Egal, ich muss es nicht wissen.

Von wegen Boss, Herr Kommandeur, Sie bringen mich
in Verlegenheit.
Keine falsche Bescheidenheit, Boss.
Wenn Sie schon Boss Min doubeln,
muss ich Sie wohl so nennen,
sonst brächte ich Sie wirklich in Verlegenheit.
Kommandeur Yan,
lassen Sie mich erklären, dass ich für Shifu aufgetreten bin ...
Schon gut.
Keine Angst, ich habe Sie nicht eingeladen, um Ihnen Vorwürfe zu machen.
Aber Sie haben eine großartige Darbietung abgeliefert und noch den Hammer aufgefangen. Niemand wurde verletzt.
Ihr habt heimlich die Rollen getauscht.

Ich muss mich also bei Ihnen bedanken.
Dafür, dass sie Boss Min vertreten haben, wird die Chunyang-Truppe schon ihre Gründe haben.
Und die werden Sie mir wohl nicht nennen.
Dann tun wir eben so, als wäre nichts vorgefallen,
und können über Erfreulicheres reden.
Finden Sie nicht auch, Boss Chen?
... Sie haben Recht, Kommandeur Chen.
Sich bei etwas Schönem entspannen ... Ich soll dich wohl für den Großzügigen halten, der meine Fehler toleriert, selbst aber den Mund halten und brav mit dir trinken.

Sie bringen so viel Verständnis für mich auf,
wie kann ich da von meinen Problemen reden?
Eigentlich müsste ich zuerst auf Sie trinken,
doch Sie sind mir zuvorgekommen, deshalb muss jetzt ich zur Strafe trinken.
Passt schon.
Qi …
Du Idiot! Ein echter Kerl lässt sich nicht unterkriegen!
Schlag sofort zurück, wenn dich einer schikaniert.
Wenn du bloß hilflos lächelst, tanzen sie dir weiter auf dem Kopf herum!
Pling.

Kommandeur Yan?
... Tut mir leid, dieser Duft hat mich abgelenkt.
Duft?
Meinen Sie den Wein?
Natürlich, das Hotel Jadesee serviert nur edle Tropfen. Sie sind zwar neu hier, haben aber eine gute Wahl getroffen.
Ich meine nicht den Wein, sondern dich.
... Hä?

Wirklich ein wunderbarer Duft,
Erinnert mich an das ausländische Parfüm der Nebenfrauen meines Vaters.
Ich liebe diesen Duft. Komm näher, ich möchte ein bisschen schnuppern.
Moment mal! Reden darfst du, aber komm mir nicht zu nahe! Schuld an allem ist Violett. Ich rieche nach Blütenhonig, der den Bären anlockt.
Warte, das …

Kommandeur Yan Ci, das geht wirklich nicht ah-ah-ah-oh-oh-oh-oh-oh-oh-oh!
I-i-i-i-i nein-nein-nein-nein-nein
Hör auf uns Mädchen und leg ihn flach, wir wussten doch gleich, dass was dahintersteckt.
Oh je, ich dachte schon, ich würde meine Jungfräulichkeit in diesem Hotel verlieren.
Schnupper
Zum Glück hat er nur an mir geschnuppert, sonst ...

Ich weiß immer noch nicht, ob ihm klar ist, wer ich bin.
Was für ein merkwürdiger Typ.
… Was fasst er denn da an?

Wenn er redet, wirkt er intelligent und durchtrieben,
dann wieder verhält er sich so, als hätte er nicht alle Tassen im Schrank …
Komisch, der bei mir zu Hause ist aber größer.

Es war mir eine große Ehre, Boss Chen.
Ich bin neu hier, kenne niemanden,
bin einsam und allein.
Gern geschehen.
Mit Ihnen zu speisen und mich dabei mit Ihnen zu unterhalten,
hat mir große Freude gemacht.
Nicht der Rede wert, Kommandeur Yan.
Ich habe für die Einladung zu danken ...
...

*Der männliche Darsteller, der in der Chunyang-Truppe die Frauenrollen spielt.

*„Chang'e" hat im Chinesischen dieselbe Aussprache wie „lange Gans".

Schwester Xia? Was macht die denn hier?!?!? Gütiger Himmel, wenn dic mich mit einem Kriegsherrn beim Essen gesehen hat, bin ich verloren!
Zisch!!
Wusch!!

...
Warum muss ich jetzt ausgerechnet Schwester Xia begegnen? Und warum ist Großer Bruder bei ihr? Sie hat den Kontakt zu uns doch schon lange abgebrochen.
Und dabei glaubt sie, sie sei die Einzige in Yancheng, die die Rolle des jungen Mannes beherrscht. Hätte sie mich deswegen beinahe mal kastriert.
Zittert wie Espenlaub.
Boss Chen.

Keine Sorge, in sowas hab ich Übung. Ich werd's dir nicht vermasseln.
Du du du du du, Kommandeur Yan Ci, auch hier?
Übung? Wie meinst du das?
Boss Chen, du musst nichts erklären.
Dein Gesicht sagt mir, dass du deiner Todfeindin auflauerst.
Wie kommen Sie darauf?
Das wichtigste bei einem Hinterhalt ist: Ruhe bewahren. Sonst ist alles umsonst. Im Nordosten habe ich mal einer Räuberbande aufgelauert, einer brutalen Killergang. Ich wartete mit meinen Leuten eine ganze Woche an dem Weg, wo sie vorbeikommen mussten. Es war schweinekalt, echt saukalt. Einem meiner Männer hat es den … abgefroren. Das war so brutal, sprechen wir lieber nicht davon. Aus unserem Hinterhalt sind wir dem Gegner zuvorgekommen. Den Räuberhauptmann haben wir als erstes erschossen, dann die ganze Bagage.

Man muss den richtigen Moment abpassen, du musst mir nur ein Zeichen geben, dann knalle ich sie alle ab.
Klick
Langsam, langsam …
Verdammt! Woher hast du den?
Saubere Sache und du hast keine Sorgen mehr.
Keine Sorge, Boss Chen,
ich schieße nie ins Leere.
Bitte schieß ins Leere!

Kommandeur Yan, Sie machen wohl Witze!
Wie käme ich dazu, Sie ins Gefecht zu rufen.
Ich habe lediglich kleine Zwistigkeiten mit diesen Leuten,
und möchte ihnen nicht begegnen.
Sobald sie einen Tisch gefunden haben,
schleichen wir uns hinaus.

Tut mir leid, Boss Yao.
Die Separees im ersten Stock sind alle belegt, es bleibt nur der große Saal.
....
Kein Problem, wir wollen ja nur plaudern.
Separee oder großer Saal, ganz egal.

Jetzt haben sie sich hingesetzt. Sollen wir uns davonmachen?
Nein, einen Moment noch ...
Meine Güte, warum mussten sie ausgerechnet diesen Tisch wählen?!

Unterkapitel II-7: Unterm Tisch – eine andere Welt

Herr Wei hat eigens ein neues Theater gegründet. Auch die Truppe steht schon fest.
Alles in trockenen Tüchern. Sie müssen nur noch zustimmen, Herr Yao.
Die Ruihe-Truppe hat doch tatsächlich vor, uns zu unterminieren. Sie scheinen dieses Komplott schon lange zu planen.
Bruder Yao hat nie darüber gesprochen, auch nicht mit Shifu. Will er denn tatsächlich die Chunyang-Truppe verlassen? Am liebsten würde ich diese Leute am Arm packen und ausfragen. Aber wie soll ich weiterleben, wenn ich mich jetzt zeige …
… Dieser Schuft gibt vor, Yao zu unterstützen,
dabei hat er etwas ganz anderes vor.
Du sprachst vorhin von „Zwistigkeiten“, wollen diese Leute der Chunyang-Truppe wirklich das Wasser abgraben?

Grapsch
Wenn ich denen eine Lektion verpassen soll,
brauchst du es nur zu sagen.
Übrigens, diese Position ist ziemlich anstrengend. Ich würde mich gern mal bewegen.
Tut mir echt leid!
Ich Idiot habe den Kopf verloren und ihn zu Boden gedrückt!

War keine Absicht!
Es musste ja so aussehen, als hätte ich was ganz anderes vor!
Kein Problem, mir egal.
Mir aber ...
nicht ...

...
... Kommandeur Yan, das war unabsichtlich...
Boss Chen hat nur Ohren für das, was da oben läuft. Da kann er natürlich nicht auch noch an mich denken, verstehe.
Wenn Yao von der Ruihe-Truppe abgeworben wird, wäre das ein herber Verlust für uns. Das macht mir großen Kummer.
Wenn Kommandeur Yan dafür Verständnis hätte, wäre ich dankbar.
Eine halbe Stunde später

Wenn du dir solche Sorgen um deinen Bruder machst, könnten wir doch losstürmen und ihnen das Handwerk legen. Ich leide mit, wenn ich sehe, wie du dich beherrschen musst.
Ha.
Es sind doch die anderen, die ein Komplott schmieden. Du musst dich nicht schämen,
wenn du sie jetzt auffliegen lässt.
Kommandeur Yan muss sich nicht auch noch darum kümmern,
was Menschen wie mir peinlich ist.
Verstehe schon. Zum Beispiel, meinen Hintern berührt zu haben.
... Ich habe mich doch schon entschuldigt, können wir das nicht vergessen?

Aber wenn ich weiter zuschaue ohne einzugreifen,
verliert ihr euren besten Schauspieler.
Noch dazu an die Konkurrenz, und durch einen so widerlichen Fettwanst.
Ich sehe dir doch an, dass du den dicken Wei nicht magst.
Ich wollte nur fragen,
ob Sie einen Unterschied sehen zwischen mir und ihm?
Sie belieben zu scherzen, Kommandeur Yan.
Wieso kein Unterschied? Immerhin besitzen Sie, Kommandeur Yan, eine gewisse Selbsterkenntnis!
Hm, endlich zeigt er sein wahres Gesicht …
Danke für die Blumen.

Wo wir gerade von Selbsterkenntnis reden,
was Wendigkeit anbelangt, können wir Yao nicht das Wasser reichen.
Möchten Sie, Herr Chen, in dieser Hinsicht nicht ein wenig von Yao lernen?
?!
Krach!
Oh!
... ?
Wird doch kein Erdbeben sein?
Mein Krabbenbällchen ist runtergefallen.

Keine Unverschämtheiten! Was weißt du schon über mich? Was weißt du über Großen Bruder?
Du hast ja recht! Ich nehme es Bruder übel. Eigentlich sollte ich hinausstürmen und allen diesen Typen einen Denkzettel verpassen! Ich bin kurz davor, es zu tun!
Mist, … ich bin handgreiflich geworden …
Möchte nicht jeder nach Lust und Laune bestrafen und belohnen? Aber was wären die Konsequenzen? Und was könnte ich damit schon aufhalten oder verändern?

Mit deiner Macht und deinem Einfluss kannst du natürlich Oberschenkel tätscheln und sogar Wohnungen durchsuchen und Besitz beschlagnahmen!
Dabei machst du dich über Bruder lustig und sagst, ich soll „Selbsterkenntnis“ von ihm lernen. Wo wir gerade dabei sind,
eigentlich bist du das Objekt meiner Grabscherei!
!!
Halt ... Herr Chen ...
Diese Stelle ... bitte nicht berühren...

... ?
Holt was raus
RGD-33 Handgranate
Eine andere als vorhin?
Magst du sie? Ich schenk' sie dir.
F-1 Zitronenhandgranate
...
Nepalesisches Militärschwert
...
m1891 Mocina-Gewehr
... Wie konntest du diesen ganzen Kram an dir verstecken???
Was heißt hier Kram! Ein paar Modelle sind zwar überholt, liegen aber gut in der Hand. Außerdem besitzt die RGD-33 keine Sicherung. Sie explodiert durch direkten Aufschlag. Auch wenn manchmal die Eigenen draufgehen, besitzt sie großartige Durchschlagskraft,
nützlich bei Angriff und Verteidigung, auch ihr Vorgängermodell gefällt m- ....
Eine Handgranate ohne Sicherung – hättest du das nicht früher sagen können!???
Und wie du darüber sprichst, schließlich reden wir nicht über deine erste Liebe!

Ich hab dich ja gewarnt, deine Finger im Zaum zu halten. Ein falscher Griff,
d das ganze otel wäre die Luft eflogen.
Womit habe ich das bloß verdient, Sie kennengelernt zu haben ...
Warst du nicht eben noch voller Leidenschaft? Übrigens ist jeder mein Freund, der mein Gewehr berührt hat.
Schon wieder dieser bürokratische Ton, Herr Chen.
Ich soll dein Freund sein? Wo wir schon beim Thema sind, dann bitte offen!
Ich will doch nur in Ruhe Opern singen. Wenn du nur etwas Bestimmtes im Sinn hast, dann lass mich bitte in Ruhe.
Merkwürdiger Typ. Was gibt's da zu grinsen?
Auf keinen Fall. Sie haben für mich den Hammer abgefangen. Ganz gleich, was ich Ihnen bedeute, ich möchte mich dankbar erweisen.
?!

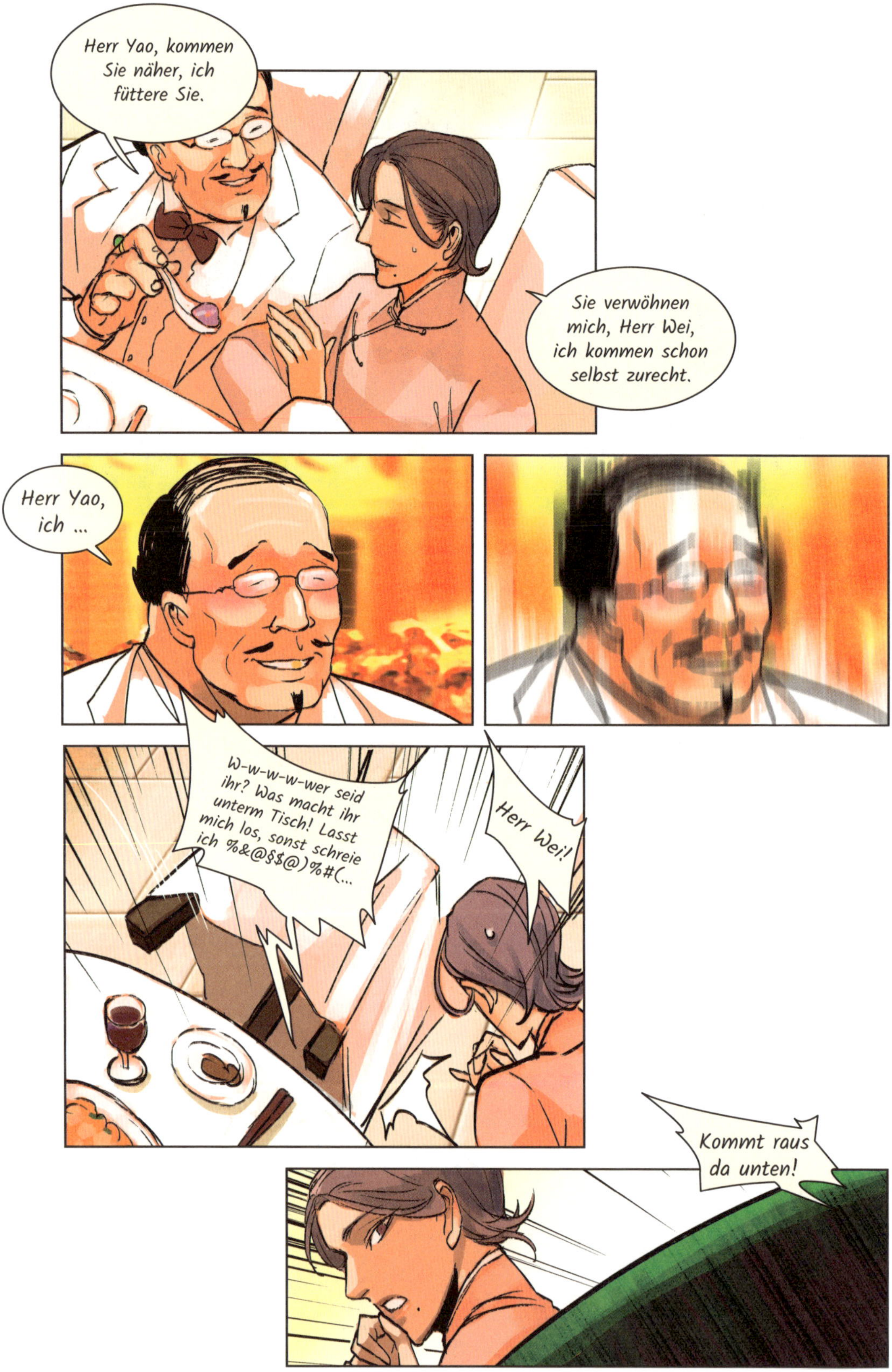
Herr Yao, kommen Sie näher, ich füttere Sie.
Sie verwöhnen mich, Herr Wei, ich kommen schon selbst zurecht.
Herr Yao, ich …
W-w-w-w-wer seid ihr? Was macht ihr unterm Tisch! Lasst mich los, sonst schreie ich %&@§$@)%#(…
Herr Wei!
Kommt raus da unten!

Peng!
Aiya!
Schwester!

Ich habe schon die ganze Zeit gemerkt, dass da unten jemand ist! Zeigt euch, ihr Hundesöhne!
Gütiger Himmel, wer sind die …
Fuck, das ist Chen Qiming.
Aiyaiyai-
Wann seid ihr unter den Tisch gekrochen?!
Das nennst du Dankbarkeit, kleiner Buddha!
#&%"§)@€%[
Weißt du überhaupt, wen du da zusammenschlägst!
Wer trägt die Verantwortung, wenn was passiert, du oder wir!
Nach Lust und Laune bestrafen und belohnen,

hat Herr Chen das nicht eben selbst gesagt? Und ich gebe dir Gelegenheit dazu.
Selbstverständlich trage ich die Verantwortung.
Dann kannst du nach Herzenslust Rache üben!

Unterkapitel II-8:

Duell zwischen Lippen und Zunge

Hätte ich auch nicht gedacht. Kaum hebt man was unterm Tisch auf, schon kriegt man live mit, wie Herr Qi meinem Bruder Yao die Karriereleiter hinaufhilft.
Sie haben ihm wohl schon öfters auf die Weise „geholfen".
Was soll das Gequatsche?
Schließlich werben diese Leute in aller Öffentlichkeit jemanden ab. Hatten wir nicht ausgemacht, nach Herzenslust Rache zu üben?
Wer hat mit dir was ausgemacht! Die Person, an der ich mich wirklich rächen will, bist du!
„Freund", kannst du nicht endlich die Klappe halten?!
Hast du das gehört, Qiming? Wovon spricht dein ausländischer Freund? Wir haben nie jemanden abgeworben.
Yao ist ein Talent, das sich eines Tages zum Drachen entwickeln wird. Sollen wir etwa zusehen, wie er in einem flachen Teich dahindümpelt?
Dieser alte Knacker vergleicht die Chunyang-Truppe mit einem flachen Teich und Bruder zeigt nicht die geringste Regung? Ach, was soll's.
Genau, Herr Qi. Wenn ich jemand wie Yao entdeckt hätte, der goldene Eier legt, würde ich ihn auch um jeden Preis aus dem Drachenpalast angeln, selbst wenn ich dafür den Ozean trockenlegen müsste!

... Hmm
Interessant, dieser kleine Kommandeur hat mich vorhin ganz schön zornig angeschaut.
Danke für Ihren Großmut. Meine Wenigkeit wird Shifu Ihre Grüße ausrichten.
Scheinbar liegt hier ein Missverständnis vor. Sie wollten nur etwas aufheben. Wir sind doch alte Bekannte. Lassen wir es für heute damit bewenden?
Für heute es damit bewenden lassen? Wer sagt das? Was seid ihr nur für ein beschissener Haufen!
Mich angreifen und sich dann einfach aus dem Staub machen?
Ich will nicht Wei heißen, wenn ich euch nicht heute eine Lektion erteile!

Krach!

Ha, glauben Sie bloß nicht, dass Sie wegen Ihrer guten Kondition ...
Mein Bruder wird oft von Leuten belästigt, die böse Absichten hegen. Das verträgt mein Freund überhaupt nicht, offenbar hat er Sie wohl für so einen gehalten,
Oh je, diese Lüge glaube ich fast schon selbs
Tut mir echt leid, wenn es Ihnen noch nicht reicht, dann prügeln Sie ruh weiter auf mich ein. Die Stük gehen auf meine Rechnung.
...
Danke für den Beistand, aber bitte, das reicht jetzt!
Steck d Waffe we
Moment, sagt sein Blick etwa, dass er sich Sorgen um mich macht? Was will dieser Mensch eigentlich?

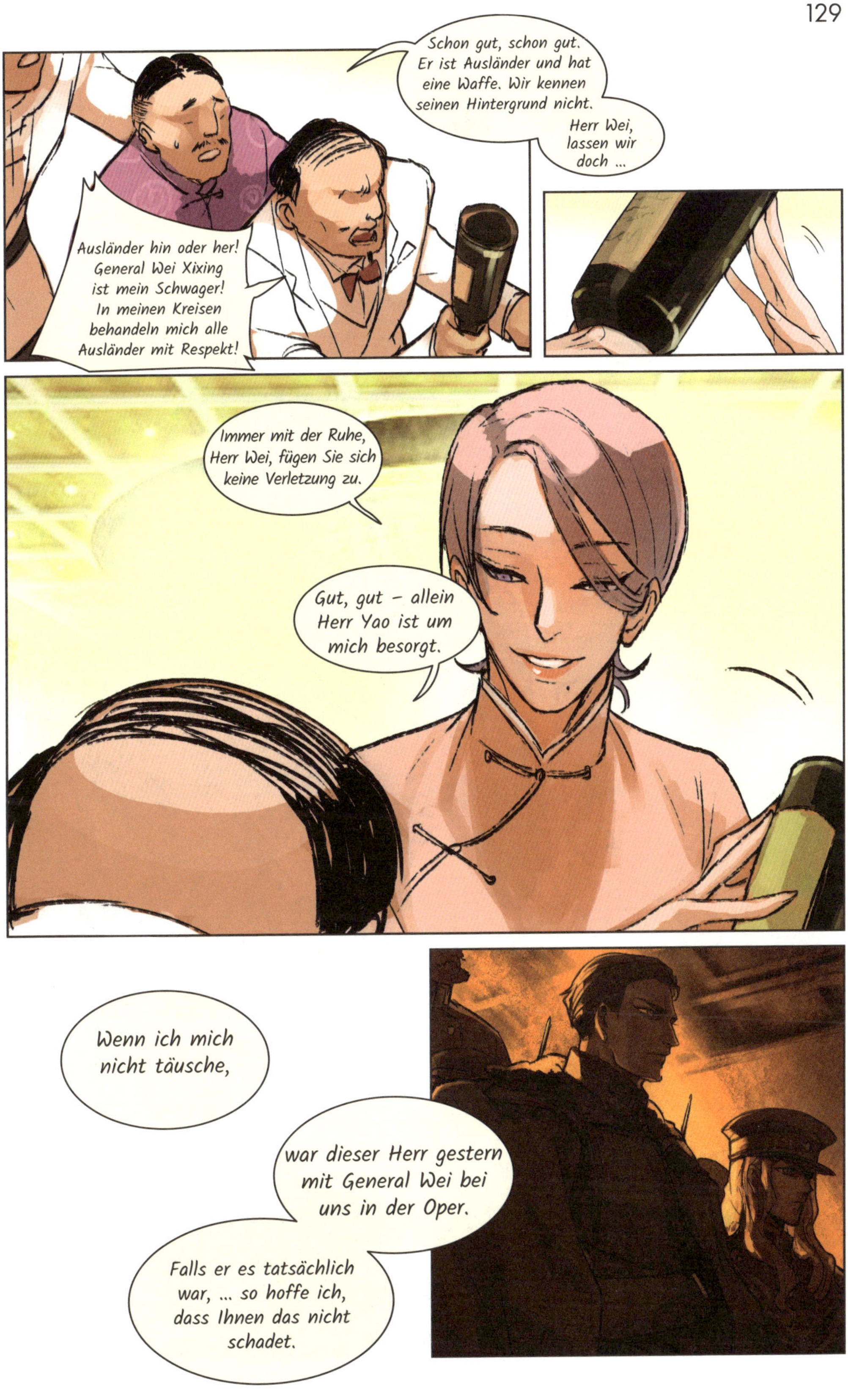
Schon gut, schon gut. Er ist Ausländer und hat eine Waffe. Wir kennen seinen Hintergrund nicht.
Herr Wei, lassen wir doch …
Ausländer hin oder her! General Wei Xixing ist mein Schwager! In meinen Kreisen behandeln mich alle Ausländer mit Respekt!
Immer mit der Ruhe, Herr Wei, fügen Sie sich keine Verletzung zu.
Gut, gut – allein Herr Yao ist um mich besorgt.
Wenn ich mich nicht täusche,
war dieser Herr gestern mit General Wei bei uns in der Oper.
Falls er es tatsächlich war, … so hoffe ich, dass Ihnen das nicht schadet.

Wie?!
Gestern mit meinem Schwager bei einer Vorstellung der Chunyang-Truppe?!?!!??
Wow, der regt sich ja noch mehr auf als ich …
Wird er die Gelegenheit nutzen, um etwas bei mir zu erreichen oder sorgt er sich wirklich?
S-s-s-ie sind doch nicht Ya-ya-yan …
Kommandeur Yan,
Vielen Dank für Ihre Fürsorge,
aber …

*In der Pekingoper wurden die Namen der Stars auf den Ankündigungen mit besonderen Plaketten versehen.

Weil wir denselben Lehrer hatten, nenne ich dich weiterhin Schwester,
obwohl du zur Ruihe-Truppe übergelaufen bist.
Es lässt mich kalt, wie du über mich redest, ich weiß, was ich kann, aber in gewisser Weise habe ich dir Unrecht getan.
Shifu ist jedoch immerhin dein Vater,
Solltest du ihm gegenüber nicht ein bisschen Respekt zeigen?
Oh, oh, fangen die beiden schon wieder an?

Ha ...
Du glaubst wohl, du könntest mich belehren, Grünschabel?! Du hast deinen eigenen Vorteil im Auge und redest noch schlau daher!
Ich soll Min Fusheng respektieren? Du weißt ja nicht, wie er mich früher behandelt hat. Vieles, was mir zustand, hat er dir gegeben.
Das solltest du besser wissen als alle anderen!
Aber ich kann auch ohne meinen Vater ein Star werden. Und du?
Du willst mich belehren, wie man ein aufrichtiger Mensch wird? Wir reden weiter, wenn du dir aus eigener Kraft einen Namen gemacht hast!

Eigentlich hatte ich Glück,

ich hatte Talent zum Singen.

Noch dazu landete ich bei der Chunyang-Truppe,

bei meinen Meistern.

Und bei dir.

Kapitel III:
Die Benefizgala

Unterkapitel III-9:
Der Vogel sucht sich seinen Ast

Tu nicht so scheinheilig. Ihr hattet es derart eilig, es miteinander zu treiben, dass ihr es nicht einmal mehr geschafft habt, das Hotel zu verlassen. So bist du mit dem Typen gemeinsam unter den Tisch geschlüft seid, wo ihr dann aneinander geklebt habt.
Hab doch gesagt, ich musste was aufheben!
Wer kriecht schon unter einen Tisch, um es mit jemandem zu treiben!!
Aber kommen wir auf dich zurück, Bruder.
Du hast dich mehrmals mit den Leuten von der Ruihe-Truppe getroffen, willst du uns wirklich verlassen?

Bruder, hast du wirklich vor, die Chunyang-Truppe zu verlassen?
Erinnerst du dich, Qiming, wie ich damals zur Chunyang-Truppe gekommen bin?
Stimmt.
... Shifu hat oft erwähnt, dass deine Eltern dich an ihn verkauft haben.
Als ich klein war, gab es in meiner Heimat eine schlimme Missernte, meine Eltern sind mit mir und meinen Brüdern nach Yancheng geflüchtet.
Auch hier hatten wir nichts zu essen, da mussten sie mich, den Jüngsten, verkaufen.
Da ich kein Mädchen bin, konnten sie mich nicht an ein Bordell verkaufen. Ich kam also in eine Pekingoperntruppe.
Eigentlich hatte ich Glück,
Meister der Schoßgeige
ich hatte Talent zum Singen.

Noch dazu landete ich bei der Chunyang-Truppe, bei meinen Meistern.
Und bei dir.
Bei mir? Wieso soll das Glück sein?
... Ganz gleich wie talentiert ich war,
eigentlich habe ich nie gern gesungen.
Dieser Holzkopf! Wenn er es in all den Jahren nicht bemerkt hat, wird er es auch jetzt nicht kapieren!
Ich wollte einfach überleben.

Mir ist ziemlich egal, wo ich auftrete,
es muss nur vorteilhaft für mich sein.
Und wenn nicht bei der Chunyang-Truppe, dann habe ich das Recht,
mir einen anderen Ast zu suchen, auf dem ich mich niederlassen kann.

In deiner Situation ist eine solche Entscheidung natürlich berechtigt,
aber warum...
... musstest du dich ausgerechnet heute Abend im Hotel Jadesee mit diesen Leuten treffen?
Du warst doch gestern Abend dabei, als ich die Einladung bekam.
Du sagst zwar, du suchst dir einen neuen Ast,
aber wählst genau den Moment, wo du mir höchstwahrscheinlich dort begegnen würdest. Mir scheint,

du wolltest, dass ich dir über den Weg laufe.
.... Hä?
Du Rotzlöffel! Wenn du eh schon alles weißt, was tust du dann so unschuldig und fragst mich noch aus.
Wusch!
Du willst gar nicht wirklich gehen! Tust so, als wär's dir egal, wo du auftrittst! Aber jetzt reden wir mal Klartext! Wer von uns ist hier unaufrichtig? Wegen einer verbalen Auseinandersetzung stößt du einen über die Brüstung! Du willst doch nur mit deiner Kraft protzen!
Deine Fans sehen in dir die zarte Fee, aber eine Fee so stark wie ein Stier. Soll ich denen erzählen, wer du wirklich bist!

Du wurdest von diesen Leuten zu stark bedrängt und wolltest sie nicht abweisen.
Deshalb hast du gehofft, von mir ertappt zu werden, damit ich einschreite!
Raffiniert, aalglatt und obendrein noch grob! Alles Taschenspielertricks!
Auch wenn ich im Moment nicht vorhabe, die Chunyang-Truppe zu verlassen, habe ich nicht gelogen.
Sollte die Truppe mir eines Tages keine Vorteile mehr bringen,
Taschenspielertricks, na und?
Glaub ja nicht, ich würde dich nicht unterkriegen, bloß weil du jetzt größer bist als ich!
werde ich nicht zögern, sie zu verlassen.
Wenn du mich wirklich davon abhalten willst, müsstest du die Chunyang-Truppe auf Vordermann bringen.
Gut, genug geredet, geh nach Hause.
Ich war mit Shifu zusammen den ganzen Tag auf einer Sitzung. Ich bin todmüde.
Was für eine Sitzung?
Wegen der alljährlichen Benefizgala des Pekingoper-Bühnenvereins. Es ist wieder soweit.

Unterkapitel III-10: Die Pekingopernzunft – böse Intrigen

Das Hintergrundfoto stammt aus dem Yuqianchiwei-Hotel in Anhui, ein Etablissement im Stil der Republikzeit. Verpasst nicht, es bei eurem nächsten Ausflug zum Huangshan zu besuchen. (Dies ist keine Werbung.)

Boss Min,
dieses Mal muss dein Lieblingsschüler unbedingt auftreten.
Das kommt ganz auf ihn an!
Nicht nur mein Schüler ist gefragt, auch dein Lieblingsenkel, der Kleine Dreizehnte, ist sehr beliebt!
Bei mir, das wisst ihr ja,
spielen private Beziehungen keine Rolle.
Yuan Xiaoxiang
Puh!
Wang Yanting, Geiger der Chunyang-Truppe.
Wer es auf die Bühne schafft,
ob dies nun einer meiner oder einer eurer Schüler sein wird,
darüber entscheidet allein deren Können.
Qiming, auf die Bühne mit dir, auf die Bühne!

Eine halbe Stunde später im Theater der Chunyang-Truppe
Die alten Hasen und ihre Brut werden die Augen aufsperren!
Selbst wenn sie ihr Können zusammenlegen, reicht es nicht an den Rist eines Schülers des Min Fusheng heran!
Ist Shifu nicht bekannt wegen seines edlen Charakters?
Warum führt er sich im engen Kreis so auf?
Dummerchen, sein Image nach außen ist doch bloß Theater für die Öffentlichkeit.
Ach – verstehe, alles nur Schein. So wie bei dir. Die Leute halten dich für eine Fee, die von der Luft lebt.
Aber in Wirklichkeit rauchst du, trinkst, spielst, gehst tanzen und verbreitest Tratsch.

?
Wusch!
Großer Bruder! Wenn er sich weiter so aufführt, werden wir sauer!
PA!!
Huhu, wieso hat's mich als einzigen erwischt?
Warum sagst du nichts?
Du bist ja ganz blass,
stimmt was nicht mit dir?

He, ich hab dich was gefragt.
Wir müssen ein paar Paraderollen für Qiming auswählen! Sobald sie seine Stimme hören, werden die anderen vor Schreck nach Hause rennen.
Was heißt hier wir, du meinst DICH! Ich habe keine Lust, bei deinen Tricksereien mitzumachen, so wie damals! Ich kriege heute noch Herzklopfen!
Herzklopfen gehört doch dazu, du Memme!
Shifu, diesmal werde ich auftreten.
Kann ich selbst entscheiden, in welchem Stück ich spiele?

Kaiserkanal,
Hafen von Yancheng
Habe gehört, der Junge hilft hier gerade aus. Weiß nicht, ob er heute da ist.
Am Vortag in der Chunyang-Truppe
Also, wie gesagt,
ich möchte das Stück selbst bestimmen.
Du willst sicher „Das Wirtshaus am Scheideweg" nehmen.
Wie könnte ich dein Shifu sein, wenn ich das nicht wüsste.
Wie können Sie das wissen, Shifu!

Dein erster missglückter Auftritt war in diesem Stück,
und jetzt möchtest du die Scharte auswetzen.
Nicht nur deswegen ...
Einverstanden, „Das Wirtshaus am Scheideweg“ ist gut,
ein Stück, das Schauspiel und Kampfkunst vereint,
ideal für einen Newcomer und diesen besonderen Anlass.

Du darfst es spielen,
aber sei dir bewusst, dass du was Besonderes bist, und wähle dir nicht wie beim letzten Mal einen Partner, der nicht zu dir passt!
Ich finde nicht, dass ich den falschen Partner hatte.
Alle weiteren Titel werde ich für dich bestimmen.
Hahaha, auf diesen Tag hat dein Shifu schon lange gewartet!
Ob nun die Ruihe-Truppe oder der kleine Yuan-Dreizehn, keiner kann sich mit dir messen.

Auch wenn Shifu meinen früheren Partner nicht mag,
ich werde trotzdem ...
Ach, was soll's ... Ich stelle ihn vor vollendete Tatsachen. Kann später immer noch in Ruhe mit ihm reden.
Die Hälfte der Ware dieses Monats ging unterwegs verloren!
Die Banditen nördlich der Großen Mauer sind grausam.
Aber Jammern bringt auch nichts, Zhiqiang! Nach dieser Ladung kannst du Feierabend machen.
Ja ... Chef ...
Ach du, zweiter Bruder?
Hey! Zhiqing!

PA!!
Z-Z-Zweiter Bruder, e-e-entschuldige!
War alles meine Schuld! Ich habe dich ins Unglück gestürzt!
Ah-ah-ah-ah ...

?!
Du hast mir vertraut! Es gab so viele Brüder, die besser waren als ich! Trotzdem hast du mich, einen Taugenichts, als Partner genommen!
Wusch!

W-
W-
wie
kann ich das wiedergutmachen? Ich habe im entscheidenden Moment versagt! Ich, ich,
ich bin es nicht wert, von dir aufgesucht zu werden!
Bravo! Du hast nichts verlernt!
Ein Grund weniger, hier zu vergammeln!

Ich habe dich enttäuscht, ich verdiene deine Hilfe nicht, hab es verdient, hier zu Grunde zu gehen!
Peng!
ob du mir geschadet hast oder nicht,
Zhiqiang, kapierst du denn nicht,
das bestimmte ich!
Hinter dir ist der Fluss, willst du weiterhin versuchen, zu fliehen?
Klatsch, klatsch

Auch wenn du das nicht so siehst, ... huhuhu ... ich stehe in deiner Schuld, am liebsten würde ich vor Schande runterspringen ...
Platsch
Gut, ich helfe dir gern dabei. Im Wasser wachst du wenigstens auf. Und jetzt komm wieder raus, wir müssen was Ernstes besprechen.
Glucks

Unterkapitel III--ii: Dieser Opernsänger kann uns nützlich sein

Neulich hat nicht Min Fusheng den Yue Fei gespielt, sondern sein Schüler, das habe ich auch erst erfahren, nachdem jemand für mich Nachforschungen angestellt hat.
Yan Ci konnte das vorher unmöglich wissen. Warum hat er dann den Schüler und nicht den Meister eingeladen?
Viele unserer Soldaten kennen sich mit der Pekingopfer aus,
hat einer von ihnen bemerkt,
dass Min Fusheng ein Double geschickt hat?
Dieses Double hat Min Fusheng genial imitiert.
Genau das ist der Punkt.

Yan Ci hat mir selbst gesagt, dass er selten in der Pekingoper war,
daher ist es unwahrscheinlich, dass er den Trick durchschaut und absichtlich das Double eingeladen hat.
Über welche Kanäle hat er ihn ausfindig gemacht und sich dann auch noch in ihn verguckt?
Klingeling
... Verstehe.

Heute Nachmittag brauche ich den Chauffeur, zur Residenz des Ministerpräsidenten.
Er lässt Sie schon wieder rufen?

...
Es scheint so, als ob der Herr Junior sich auch beim Anbandeln mit Operndarstellern
nicht davon ablenken lässt, uns weiterhin zu sabotieren.

Residenz des Ministerpräsidenten.
So eine Frechheit!
Patsch!
Klirr!
Beruhigen Sie sich, Divisionskommandeur Zhang, nicht gleich zuschlagen.

Darf ein Mensch so reden?
Ach, er ist noch jung. Die Jugend ist manchmal aufbrausend.
Herr Ministerpräsident, Sie wollen ihn schützen, damit er keine Konfrontation mit der Qinglin-Bande provoziert.
Und was tut er?
Ministerpräsident Jiao Xing
Er behauptet, Sie steckten mit der Bande unter einer Decke.
Pfe.
Wenn Sie, Divisionskommandeur Zhang, das sagen, bin ich ja beruhigt.

Sie wissen ja, Onkel Jiao, dass meine Wenigkeit mehrere Jahre in Nordostchina gegen die Banditen gekämpft hat.
Ich bin Experte für lokales Gesindel.
Wenn die Qinglin-Bande sich nicht von anderen Banditen unterscheidet und sie nicht unter dem Schutz von Onkel Jiao steht,
kann ich sie ja nach Herzenslust zerlegen.

Donner
Was für ein Zufall, Kommandeur Yan.
General Wei,
kein Zufall,
als ich oben war, habe ich mich gefragt, wann Sie kommen würden.
Wenn Kommandeur Yan so hellsichtig ist,
sollte er das nächste Mal lieber den Mund halten und sich keine Schläge einfangen.

* Anm.: Der General Yue Fei der südlichen Song-Dynastie und Yang Zaixing gehörten zunächst gegnerischen Lagern an. Nach der Festnahme und Kapitulation von Yang Zaixing gewährte ihm Yue Fei Amnestie , Yang Zaixiang diente fortan als Heerführer unter Yue Fei.

Kommandeur, sollen wir unterwegs an einer Apotheke halten?
Kleine Verletzung, nicht der Rede wert,
fahren wir direkt an unser Ziel.
Sollen die Ermittlungen gegen die Qinglin-Bande weitergeführt werden?
Divisionskommandeur Zhang hat sein loses Mundwerkt nicht im Griff.
Ich habe gar nichts gesagt, da konnte er nicht mehr länger still sitzen und hat von selbst alles verraten.
Wenn die alten Füchse ihre Tricks vor mir aufführen,
dann bin ich bereit, ihr Spiel mitzuspielen.

Jawohl ... Und was ist mit Herrn Chen?
... Keine Sorge, das erledige ich selbst.
... In Ordnung.
Ich behaupte das zwar, aber ich weiß selbst, dass ich mit Bruder Qiming etwas zu weit gegangen bin.
Eigentlich hatte ich ein ganz gewöhnliches Treffen geplant. Ich konnte ja nicht wissen, ...
dass ich mich in seiner Gegenwart auf merkwürdige Weise verwandeln würde.

Ich hatte ihn aufgesucht in der Hoffnung, dass er mich nicht wiedererkennt ... Habe ich mich denn so verändert?
Auch gut. Momentan ist es einfacher, der Sohn der Feindes zu sein, der nichts Gutes im Schilde führt.
...
Dieser Wei Xixing
vergleicht sich gern mit Yue Fei und will mich in die Rolle des Yang Zaixing drängen.
Am Ende geht es schief wie in der Oper „Schlacht um Tanzhou“,

*Dort wurde Yue Fei infolge von Intrigen hingerichtet.

Aber der alte Fuchs stellte sich krank und schickte stattdessen den Bankert seiner fremdländischen Konkubine, und der macht nichts als Ärger.
Aber egal wie lästig er ist, er wird schon seine Schwachstelle haben,
wo es wehtut.
Hähä
Xixing, ich habe gehört, dass Yan Ci wegen eines Schauspielers deinen Schwager beleidigt hat.
Tut mir leid, ich habe meine Leute nicht gut im Griff.
Ach, was du nicht sagst.
Dass dieser raffinierte Yan Ci, der sich sonst nie eine Blösse gibt, sich zu so etwas hinreissen lassen kann, kommt mir seltsam vor. Nutten haben keine Gefühle, Schauspieler keinen Anstand.
Aber jetzt hätten wir diesen Schauspieler, der an Yan Ci herankommt. Wir sollten uns darüber Gedanken machen, wie wir ihn auf unsere Seite zeihen können.
Dieser alte Schuft ...

Das ist dein erster großer Auftritt
seit deiner Rückkehr auf die Bühne.
Zeig dich von deiner besten Seite,
sonst kannst du deinem Meister
nicht in die Augen sehen.

Kapitel IV:
Das Gipfeltreffen

Unterkapitel IV-12: Das Spiel von Drache und Phönix

Die Pekingoperngala gibt es nur einmal im Jahr. Die will ich nicht verpassen.
Chen Yaoguang, jüngerer Bruder von Chen Qiming, studiert an der Yancheng-Universität.
Großartig. Hmhm …
Chen Qiming, aha, hmhm …
Hmhmhmhm, hier bin ich, aus der Uni auszubüchsen war nicht leicht, wenn mein Bruder rauskriegt, dass ich den Unterricht schwänze, kriege ich Ärger.
Mama, schau dieser komische Junge da!
Liebster, warum grinst dieser Idiot so?

Aber! Es ist sein erster Auftritt nach mehr als einem Jahr!
Selbst wenn mein Bruder mich aufhängt und verprügelt, ich musste einfach kommen!
Natürlich habe ich Vorkehrungen getroffen, um nicht von ihm erkannt zu werden.
Auf diese Weise ...
gelingt eine vollständige, überzeugende Verwandlung. Nicht einmal der Feind würde mich erkennen!
Komme, um Chen Qiming zu sehen.
Komme, um Chen Qiming zu sehen.
Was soll das! Wieso steht hier ein Mann, der genauso gekleidet ist wie ich? Hat er etwa auch ein heimliches Motiv?! Sehr verdächtig.

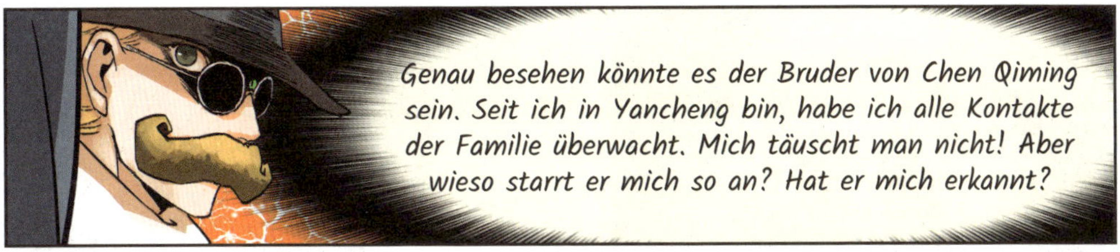
Genau besehen könnte es der Bruder von Chen Qiming sein. Seit ich in Yancheng bin, habe ich alle Kontakte der Familie überwacht. Mich täuscht man nicht! Aber wieso starrt er mich so an? Hat er mich erkannt?

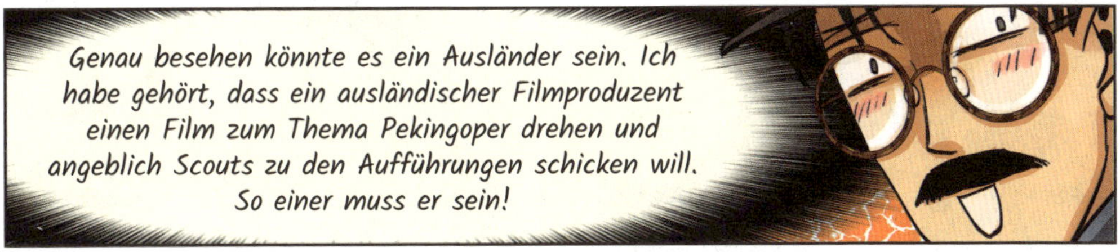
Genau besehen könnte es ein Ausländer sein. Ich habe gehört, dass ein ausländischer Filmproduzent einen Film zum Thema Pekingoper drehen und angeblich Scouts zu den Aufführungen schicken will. So einer muss er sein!

Hello! My name is ... Oh, it's not important. I like Beijing Opera very much and I can introduce a lot of friends (natürlich nur meinen Bruder) to you!
... Ich verstehe nichts, sprich Chinesisch.
Übrigens, lass mich los.
Ich muss mich anstrengen! Ob mein Bruder im Film vorkommt, hängt ganz von mir ab.
Maschinenpistole. Geladen.

*Choreografie aus dem Musical „Swing Time" von 1936.

Sie verschlafen ja die ganze Vorstellung, mein Herr?!
Z
Z
In den vergangenen vier Stücken musste ich dich ein Dutzend Mal wecken. Wieso bist du überhaupt hier?
Wenn ich nicht durch dich einen so tollen Logenplatz bekommen hätte, wäre ich, der eingefleischte Fan, längst explodiert.
Ich wollte dem Stück eigentlich aufmerksam folgen, doch in letzter Zeit musste ich mir beruflich die Nächte um die Ohren schlagen.
Wenn dein Bruder auftritt, schlafe ich bestimmt nicht, deshalb ...

Nicht schlafen, habe ich gesagt!!!
Einmal im Jahr findet
die dreitägige Benefizgala der Pekingoper in Yancheng statt,
ein allseits bekanntes Ereignis in der Stadt,
bei dem alle fünfzehn Stars der vier wichtigsten Operntruppen auftreten.
Und neben den Stars kann man zahlreiche Newcomer entdecken.
Um einen Logenplatz zu ergattern, kriegen sich selbst vornehme Leute in die Haare,

Du solltest dich schämen, auf diesem Stuhl zu schlafen!
Sogar die billigen Plätze sind heftig umkämpft.
Der brüllt ja lauter als feindliche Kanonen …
Er kam doch schließlich, um meinen Bruder zu sehen.
Einen besonderen Blick hat er schon.
Wie bist du überhaupt ein Fan meines Bruders geworden? Er war doch schon so lange nicht mehr auf der Bühne, erzähl mal!
Als ich herkam, hielt mich der Bruder von Qiming für einen Filmscout,
er klebte wie eine Klette an mir, deshalb musste ich ihn mit reinnehmen.
Anfangs machte ich mir Sorgen, dass er mich noch aus Kindertagen kennt …
Aber jetzt sehe ich, dass diese Sorge unbegründet war.
Als eingefleischter Opernfan ist er wirklich lästig.

Schon als Kinder liebten die beiden Brüder die Pekingoper,
einer sang gern, der andere erklärte die Handlung, doch ...

ich fand heraus, dass er jetzt wohl Student an der Uni Yancheng ist.
Hat er denn keine Angst vor seinem Bruder, wenn er mitten im Semester die Vorlesung schwänzt?

Wusch
Das Hauptprogramm! „Das Spiel von Drache und Phönix“ mit Boss Xia und Boss Yao in den Hauptrollen!
Qiuqiu!
Qiuqiu, schau hierher!
Es heißt, Boss Xia hat sich mit der Chunyang-Truppe zerstritten.
Seichtes Zeug.
Doch mit Boss Yao versteht sie sich offenbar gut.
Wieso sollten sie nicht im selben Stück spielen?
Die Zunft hat das rogramm festgelegt, und vischen Xia und Yao gibt es keinen Streit,
sie ist nur Min Fusheng und meinem Bruder böse.
Vor einem Jahr hat Xia Zhiqiu den Namen ihrer Mutter übernommen und die Beziehung zu Min Fusheng, ihrem Vater, abgebrochen, um sich der Ruihe-Truppe anzuschließen. Wusstest du das?
Qiuqiu!

Xia Zhiqius Spezialität ist die Rolle des jungen Mannes.
Sie sieht blendend aus und hat keine weibliche Note in ihrer Stimme,
ihr Stil ist freizügig und vornehm,
Ahahah! Jetzt kommt Yao!!
Boss Yao!
mehr Mannsbild als Männer dies sind.
Doch Min Fusheng behauptete, sie eigne sich nicht zur Opernsängerin,
er war nie zufrieden mit ihr.
Er hatte sogar vor, die Leitung der Chunyang-Truppe später mal an meinen Bruder zu übergeben, nicht an seine Tochter.
Das würde mein Bruder nie akzeptieren, deshalb gab es schon Streit zwischen ihm und Boss Min, doch Xia Zhiqiu lässt ihren Zorn trotzdem an meinem Bruder aus,
deshalb sucht sie bei jeder Begegnung mit ihm ständig Streit.
Ich frage mich, ob er so viele Macken an sich hat, wie ich Waffen ...
Qiming, dein Bruder hätte Geschichtenerzähler werden sollen.

Komm nur, komm, ich besitze grobe Hände,
bestens geeignet, um dich zu kitzeln.
Wenn der Herr meint, dann kitzle ich.
Mach schon, worauf wartest du?
Boss Yao, komm und kitzle mich!
Boss Yao, mein Leben gehört dir!
Lass mich auch mal kitzeln!
Hass auf den Vater, das verstehe ich gut.

Was die spielen, verstehe ich nicht. Oh Schande, ich werde schon wieder schläfrig …
Ich habe noch gar nicht gekitzelt, und er steht dir schon –
Wenn nicht, wäre ich kein Mann, tu's doch endlich –
Tzo
Hmhm
Diese alten Knacker von der Zunft! Mir so eine Rolle zu geben! Die amüsieren sich auf meine Kosten!

Zum Glück ist Yao mein Partner, wäre es ein anderer,
so würde ich diesen glatt verprügeln.
Zügel deine Gefühle, Schwester.
Boss, hier ist Tee!
Schnell! Helft Boss Xia aus dem Kostüm!
Wenn Shuying mir nicht zugeredet hätte, würde ich alles hinwerfen.
Selbst der dumme Yuan Dreizehn darf eine so wichtige Rolle wie die des Generals Zhou Yu singen, und mir haben sie die Rolle des Dandys Zhu Houzhao zugeteilt, der Frauen aus gutem Hause zuerst verführt und dann fallen lässt?
Aber ...
auch wenn ich in dieser blöden Rolle gelandet bin,

ist da einer, der es noch schlechter erwischt hat. Habe ich recht, Chen Qiming?
... Mit Ausnahme von „Das Wirtshaus am Scheideweg“
bestimme ich die Stücke, die du spielst.
Am ersten Tag spielst du als Rausschmeißer in „Der Weißwasserstrand“.

* Das letzte Stück eines Programms, dabei glaubt das Publikum, das wichtigste, nämlich das vorletzte Stück, bereits gesehen zu haben und verlässt allmählich das Theater. Deshalb der Name Rausschmeißer.

Willst du wissen, wieso Boss Min an Einfluss verloren hat
und dich bei der Auswahl der Stücke nicht mehr protegiert?
Xia Zhiqiu beginnt schon wieder Streit mit einem von der Chunyang-Truppe ...
Aha, die Tochter denkt an ihren Vater. Frag ihn doch selbst.
... Du!
Aalglatt und mit scharfer Zunge. Glaubst du, nur du bist so spitzzüngig?
Bei deinem Mundwerk solltest du Kabarettist werden.

... Yuan Dreizehn.
Meine Rippen brechen!
Du bist wohl lebensmüde!
Wenn du nicht sterben willst, dann mach besser keinen Ärger.
Im nächsten Stück bist du dran. Was ist los mit dir?
Wenn ich nicht mit euch auftreten darf, fühle ich mich einsam.
Jetzt habt ihr Pause, da wollte ich mal vorbeischauen.
Wieso bist du allein, wo ist Yao?

Großer Bruder, du ...
Nicht so laut, man darf mich nicht finden.
Schon gut, ich geh die Bühne vorbereiten.
Hau ab!
Oh, ich merke gerade, du bist doch ...
?
Yuan Dreizehn! Wo steckst du denn schon wieder!
Komm schnell, das Stück beginnt!
Mist, ich habe deinen Namen vergessen. Ein Gedächtnis wie ein Sieb!
Schon gut, man ruft dich.

Mach dir nichts draus, „Boss Chen“,
Wir alle wissen, dass Yuan Dreizehn vergesslich ist.
Haha.
Wer merkt sich doch einen namenlosen Statisten.
Der dreizehnte Sohn der Familie Yuan hat Wichtigeres im Kopf,
er hat natürlich nicht so viel Zeit wie du, meine Schwester, um an mich zu denken.
Hau doch ab.
Nach dieser Vorstellung wird er mich im Gedächtnis behalten.

Ich liebe dich, Bruder Dreizehn!
Warum schreien alle nach diesem Yuan Dreizehn? Ist er so bekannt?
Dreizehn, komm in meine Arme!
Natürlich ist er bekannt!
Unter den Nachwuchsschauspielern ist Xia Zhiqiu die beste in der Rolle des alten Mannes,
Yuan Dreizehn dagegen brilliert in der Rolle des jungen Mannes.
Er singt gut und macht eine gute Figur,
außerdem entstammt er der berühmten Opernfamilie Yuan. Sein Großvater ist der legendäre Yuan Xiaoxiang.
Bei dieser Gala ist er nicht nur der einzige Jungstar, der im wichtigsten Stück auftritt, dem „Gipfeltreffen“,
er spielt auch noch den Zhou Yu!
Klingt ganz nach Konkurrenz für Qiming.
Woher kommt diese Brutalität? Wie viel hat er wohl schon vertilgt …

* Das Pekingopernorchester umfasst die Gruppen der Wen- und der Wu-Instrumente (Saiteninstrumente und Schlagwerk). In diesem Stück wirken beide Gruppen mit.

Unterkapitel IV-13: Das „Gipfeltreffen“ als „Hongmen-Bankett“

* Im Hintergrund ein Altar für die Gottheit Lao Lang Shen (Schutzpatron der Schauspieler), der seinen Platz hinter der Bühne hat.

* Ein Bankett, bei dem der Gast in einen Hinterhalt gelockt wird.

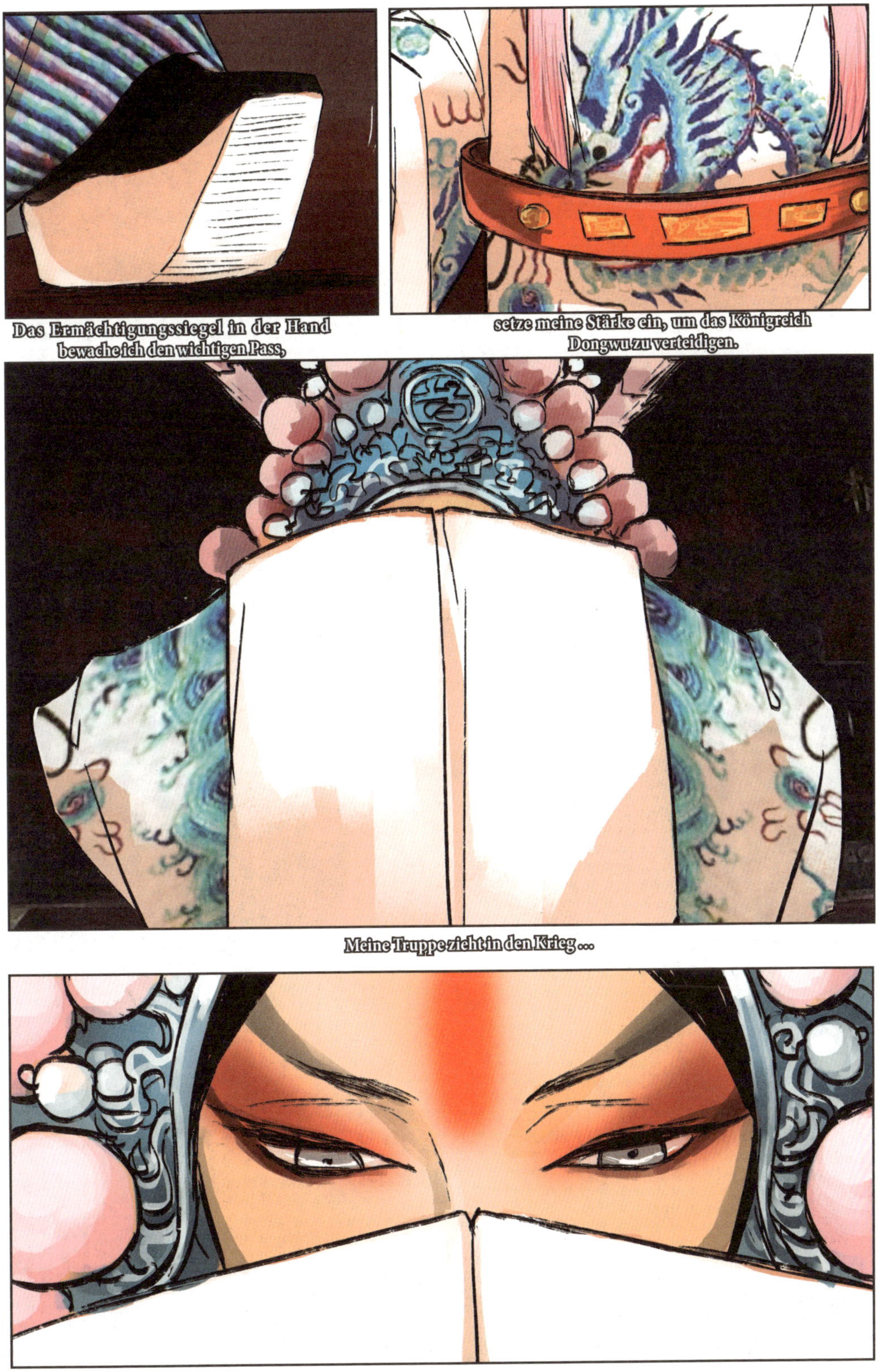
Das Ermächtigungssiegel in der Hand
bewache ich den wichtigen Pass,
setze meine Stärke ein, um das Königreich
Dongwu zu verteidigen.
Meine Truppe zieht in den Krieg …

Wer wagte es, mich aufzuhalten!
Applaus

Ich erhalte den Befehl, trete unter den roten Baldachin,
mit den Fähigkeiten eines Sun Wu den Staat aufzubauen,
dunkle Wolken und schwarzer Rauch.
Dieser Yuan Dreizehn, ... welch ein Genie!
Mein Leben gegen hundert von euch!
Ich ging durch Messerberge und Flammenmeere,
traf auf tausend brutale Mörder. Doch so etwas ...
Ich Angst vor euch?! Schlimmstenfalls landen wir gemeinsam vor dem Höllengott!

* Die Drachenstimme ist die Kopfstimme, bei der Tigerstimme kommt die Resonanz aus der Mundhöhle und die Phönixstimme ist rund und wohlklingend. Der Einsatz dieser Stimmlagen ist ein wichtiges Kriterium bei der Beurteilung der Gesangstechnik.

Ich kenne die Absichten von Zhou Yu, die Feinde mit dem eigenen Messer zu töten,
doch ich lasse mir nichts anmerken.
Ach ja, du sagtest vorhin, in beiden Stücken spielen nur prominente Schauspieler,
und diese Stars bringen ihre eigenen Musiker mit.
Warum wird Yuan Dreizehn nicht von den eigenen Musikern begleitet?
Er ist zwar bekannt, aber noch sehr jung.
Diese Stimme, oho.
Kongming, ach, Kongming!
Wenn er auf diese Weise von Cao Cao getötet wird, bin ich gerächt!

Natürlich hat er eigene Musiker, aber wenn er mit älteren Meistern auf der Bühne steht,
würde das die Grenzen des Anstands überschreiten. In der Welt der Pekingoper gelten strenge hierarchische Regeln. Die Autorität der Älteren darf auf keinen Fall ...
Erstarrt.
Was ist los?
... Der letzte Ton von Yuan Dreizehn,
lag der nicht daneben?!

Vor zwei Wochen
Hmm, es ist jedes Jahr dasselbe!
Wenn junge Schauspieler gefördert werden, dann sind es entweder die Tochter oder die Schüler von Min Fusheng,
oder die Enkel von Yuan Xiaoxiang!
So ist das nun mal.
Ihr Sohn, Boss Yan, ist auch ein begabter Künstler.
Doch die Chunyang-Truppe und die Familie Yuan haben viel Einfluss, und sie halten zusammen.
Wir kleinen Fische müssen uns was einfallen lassen,
um unsere Kinder vor diesem Schicksal zu bewahren.
Hmm
Weil sie zu mächtig sind, reicht es nicht, dass ich allein mir Gedanken mache ...
Du bist nicht allein! Ich mag das schon lange nicht mehr mit ansehen! Dieses Mal sollen sie es zu spüren bekommen!
Wenn das so ist, hätte ich da eine Idee.
Möchten Sie sie hören, Herr Yan?

* Inzwischen hat Zhou seine rote Robe angelegt.

Du meinst, die Musiker haben nicht in der Tonhöhe von Yuan Dreizehn gespielt,
deshalb lag er daneben?
Jeder hat seine eigene Tonhöhe, deshalb bringt jeder die eigene Begleitung mit.
Sie wären zwar auch in der Lage, in der Tonhöhe eines anderen zu singen, aber das ist riskant, weil ungewohnt.
Kommt aber auch oft vor. Bei kleinen Rollen merkt man es kaum,
doch bei bekannten Schauspielern und bei einem solchen Anlass
ist das was anderes ... Ah, der Geiger von Qi wurde eingesetzt,
der letzte Satz von Yuan Dreizehn war wieder daneben.
Ohoh, schon wieder daneben.
Yuan Dreizehn wird noch ohnmächtig.
Komisch, bei einem Duett
spricht man sich doch vorher wegen der Tonlage ab ....

General!
Boss Min, … wie war nochmal seine Tonlage …
Oh je, ich bin schon so vielen fremden Tonlagen gefolgt, jetzt bin ich total durcheinander …
Soll ich wirklich? Yuan Dreizehns Tonlage ist sehr hoch, nicht mein Problem, wenn deine Stimme das nicht aushält.
Das Sternbild des gestrigen Abends kündigte an, dass Cao Cao in die Falle gehen und seine eigene Marine in den Untergang schicken wird.
Das war meine Tonlage! Seid ihr Götter, die die Himmelsmutter mir zu meiner Rettung schickt?
Hier ist wohl der Malstil nicht ganz korrekt.

* Schriftzeichen auf den Handflächen: Feuer

Mir steht nicht zu, das zu sagen, aber sie sollte Shifu wirklich besser kennen.
Qiming, ...
Quatsch!
Hä? Was machst du da?
Wer hat dir dein Kostüm
力拔山河
Mit einer Kraft, die Berge und Flüsse versetzt
Fuck!
und die Maske hergerichtet?
Eine Fee auf Erden
人间仙子

Hallo Enkelchen! Dein Opa kommt dich besuchen! Ist unsere große Qing-Dynastie wirklich untergegangen?
Puh.
Was willst du jetzt schon wieder? Mich umbringen?
Wenn ich dich umbringen wollte, hätte ich nicht bis heute gewartet.
Entschuldige, du hast ja recht. Sag wenigstens was, bevor du Hand anlegst.
Ich schnüre dir die Taille so eng, dass die Frauen und Fräuleins außer sich geraten.
Peng!
Ich soll nicht Hand anlegen?
So wie du aussiehst, kannst du unmöglich auf die Bühne!

Sich schön machen, ist auch eine Kunst,
denk bloß nicht, dass du darauf verzichten kannst, nur weil du gut spielst.
Wenn ich wie die da drüben aussähe,
würde ich dann beachtet werden, auch wenn ich gut spielte?
Das geht zu weit, großer Bruder. Das ist eine persönliche Beleidigung.
Das Publikum kommt von weit her, nur um dich zu sehen, du musst auch gut aussehen, um sie in jeder Hinsicht zufriedenzustellen.
Das ist dein erster großer Auftritt seit deiner Rückkehr auf die Bühne. Zeig dich von deiner besten Seite, sonst kannst du deinem Meister nicht in die Augen sehen.

Schluchz –
zum Glück hat sich
Boss Min nach meiner
Tonhöhe gerichtet,
sonst hätte
ich nicht
weitergewusst ...
Hier, junger Herr,
wischen Sie sich
das Gesicht ab!
Nicht weinen,
junger Herr
Dreizehn!
Wie kann ich
Großvater
jemals wieder
gegenübertreten?
!!
...?

Wer war das?
Dieser Schüler von Min Fusheng, der bisher kaum aufgetreten ist,
er heißt Chen Qiming.
Er spielt im Rausschmeißerstück.
Chen ... Qiming?
Sein Äußeres ist vielversprechend. Aber wenn er im Rausschmeißerstück spielt, ist er wohl nicht ernst zu nehmen.

Unterkapitel IV-14: „Weisswasserstrand“

Es wird ganz dunkel. Gleich regnet es.
Das Hauptstück ist durch, beeilen wir uns.
Habe nie von dem Schauspieler im Rausschmeißerstück gehört. Da verpassen wir nicht viel.
Yuan Dreizehn hat das Hauptstück verpatzt.
Ich bin nicht auf meine Kosten gekommen.
Wenn schon das Hauptstück mies war, verspreche ich mir nicht viel vom Rausschmeißer.
Nicht auf Ihre Kosten gekommen? Sie wollen schon gehen?
Es kommt doch noch was.
Würde es was bringen, wenn ich zwei Schüsse abgebe und sie zum Bleiben zwinge?
Beim Rausschmeißer ist das immer so.
Nach dem Hauptstück bleiben in der Regel nur noch wenige.
Noch dazu, wenn das Wetter nicht mitspielt ...

Alle bereit?
Das letzte Stück beginnt!
Klingelingeling
„Weißwasserstrand“, danach ist Schluss.
Was kommt denn jetzt noch?
Ist doch ein alter Hut.
Das Stück haben wir schon x-mal gesehen, aber heute spielt Min Fushengs Schüler,
lass es uns ansehen.
Aha, du kennst auch noch andere.
Wenn dir so viel an Qiming liegt, wieso gibst du ihm dann diese Rolle?
Bei dem Wetter sind die Leute ohnehin bald weg.
Was hast du gegen „Weißwasserstrand?“ Neue Schauspieler müssen das Repertoire beherrschen.
Nur so können sich die Leute den Schauspieler einprägen und nicht das Stück.
Tschock.

Außerdem ist es im Moment gar nicht wichtig,
wie viele Zuschauer da sind,
Du hast noch Muße für Schnaps?!
es geht darum, welche Leute bleiben.
Diejenigen, die bei solchem Wetter ausharren,
sind Kenner, die das Stück wirklich sehen wollen.
Wer nach dem Hauptstück geht, bloß weil alle anderen gehen, kann ein gutes Stück nicht von einem schlechten unterscheiden und lobt nur, weil die Kenner loben.
Danke für deine Mühe.
Auf solche kommt es nicht an. Wenn die Kenner Qiming heute zujubeln, hat er schon gewonnen.
Hm.

Worauf wartet er?
Singt er oder nicht?
Wieso braucht er so lange?
Ich habe noch einen anderen Grund, warum ich Qinming für das unbeliebte Stück eingeteilt habe, nicht bloß den Neid der anderen.
Was würdest du sagen, as sehen Pekingopernfans ei einem Schauspieler am liebsten?
Einatmen.
Wenn sie ihm gegenüber nur geringe Erwartungen haben, er dann aber alle mit einer Meisterleistung überrascht.

Los geht's!
走哇!

Seine Stimme klingt ja
wie die von Min.
Er ist ja schließlich sein Schüler!
Man könnte glauben, Min hätte den Rausschmeißer übernommen!
Du träumst wohl!
Was für eine klangvolle Stimme!
Ich habe nicht viel erwartet, aber das klingt wirklich gut.
Jetzt bleibe ich doch!

白水灘
Weiß
wasser
strand

In dieser ungerechten Welt

sind Recht und Unrecht vertauscht.

Wie viele Helden
werden

von Wind und Staub
begraben.
Bravo!
Grandios!
Applaus!

Das ... war großartig gesungen!
Komm, wir kehren schnell um!
Eines Tages grollt der Frühlingsdonner,
der große Vogel breitet die Flügel aus,
und schwingt sich in den neunten Himmel auf!
Hmm, dieser Min Fusheng,
er hat mal wieder gewonnen!

Wusch!
Der hier nennt sich zu Recht einen Schüler von Boss Min!
So eine Stimme findest du unter Hunderten nicht!
Bravo!
Das ganze Erscheinungsbild ist tadellos!
Und seine Art zu singen ist noch besser!

Man könnte meinen, den Min von damals zu sehen!
Der Edelmann unterdrückt seinen Groll, wer jemandem in Not nicht hilft, ist ein Schuft.
Dieser Text ist nicht korrekt! Sollte ich später Sänger werden, möchte ich ihn umschreiben.
Wer nicht hilfsbereit ist, ist ein Schuft, das stimmt, aber wieso sollte jemand, der seinen Groll runterschluckt, ein Edelmann genannt werden?

Was ist mit dir?
Entschuldige, ich habe meinen Bruder so lange nicht auf der Bühne gesehen,
das sind Freudentränen.
Tut mir leid, dich damit erschreckt zu haben ...
Wunderbar ... wirklich ...
Sehr gut, Bruder. Konntest du diesmal wirklich mit Freude auftreten?

Vieles ist passiert ...
... Wieso?
Hat dein Bruder früher etwa nicht mit Freude gesungen?
Schon als Kind sang mein Bruder gern Oper,
doch Vater meinte, das sei kein anständiger Beruf.
Dann veränderte sich vieles in unserer Familie.
Ich war noch klein, als Vater starb.
Obwohl Vater sein Verbot sogar im Testament festhielt,
hat mein Bruder ...
weil er mich sonst nicht hätte ernähren können.
Aber er fühlte sich Vater gegenüber schuldig,

dazu kamen noch andere Gründe, Bruder war wie verwandelt.
Zum Glück hat Boss Min ihn aufgenommen, und er fand wieder zu sich.
Aus Dankbarkeit gegenüber Boss Min legte er zu viel Wert darauf, sein Spiel zu perfektionieren und
steigerte sich in die fixe Idee hinein, nicht gut genug zu sein.
Ich will alles wieder gutmachen,
was Qiming in den letzten Jahren erlitten hat.
Aber das war erst später. Auf jeden Fall tritt er jetzt wieder auf ... Ich ... huhu ...
Ahahahah, nein! Wie kann ich einem Fremden diese alten Geschichten erzählen, während Bruder auf der Bühne steht!
Hier habe ich nichts anderes zu tun, als dem Bruder zuzujubeln.
Bruder hat mich aufgezogen, hat mich in die Schule gebracht und niemals geweint! Nicht mal in größter Not. Was habe ich da zu heulen, reiß dich zusammen, Chen Yaoguang!
Bruder Qi ... Qiming?! Was ist nur mit deinem kleinen Bruder los??!
Wenn ich hier Tränen vergieße, dann nur, weil gerade eine Gottheit singt!
Weil diese Freude wahrhaft und echt ist!
Du hast die Uni geschwänzt!
So auffällig wie du dich aufführst, hast du denn da keine Angst, dass er dich sieht?

Weil ich jetzt schon einen Walzer für meinen Bruder tanzen kann!
Moment ... Ist das etwa ... Yaoguang? Wieso ist der Bengel nicht in der Vorlesung?
Diese Götterstimme!
Dieser tolle Körper!
Hervorragende Beinarbeit!
Zweiter Bruder, ich kann nicht mehr!
Warte, dich werde ich mir vorknöpfen!

* Fachausdruck aus der Pekingoper: Während des Auftritts eines Schauspielers steht sein Meister in den Kulissen und leistet ihm Beistand. Der Beistand durch den Meister steigert oft den Wert eines Newcomers.

Was soll's, der war schon als Kind so,
wenn er mal ausflippt, kann ihn keiner halten!
Hauptsache Qiming sieht mich nicht … Hä? Die da drüben, sind das …
nicht die, die mich in letzter Zeit bespitzelt haben?
Ich weiß, dass man mir nachspioniert.
Ich habe mich heute verkleidet,
um nicht von Qiming erkannt zu werden, aber auch wegen denen.
Sieht so aus, als hätten sie mich nicht bemerkt. Sie starren die ganze Zeit auf die Bühne. Was …

Ein großer Erfolg, Zweiter Bruder!
Hör nur, wie das Publikum tobt!
Du warst ein guter Partner, außerdem haben Shifu und die anderen mich unterstützt.
Wie war die Maske, die ich dir geschminkt habe?
Damit hast du das Publikum sofort in Bann gezogen!
Ja danke, mein treuer Bruder!
?
Ich muss zuerst Yaoguang erwischen, danach werde ich mich richtig bei dir und Shifu bedanken.
Yaoguang? Wo ist er denn? Wieso habe ich ihn nicht gesehen? Hatten wir nicht ausgemacht, nach der Vorstellung zusammen das Stück durchzugehen?
Warte einen Moment! Yaoguang hat für die Vorstellung die Uni geschwänzt.
Ich muss ihn jetzt fangen, sonst entwischt er mir noch.
Halt, bleib da!

Lass ihn gehen.
Boss Yao, gib mir das Kostüm.
Shifu …
Qiming lügt niemals. Und die Brüder haben sich ewig nicht gesehen.
Siehst du, …
was für einen tollen Bruder ich habe …
Huch? Wo ist denn dieser Ausländer, der mit mir hier war?
Egal!
Ist zwar schade, dass ich nicht mal seinen Namen kenne, aber Bruder zu entwischen, ist mir wichtiger.
Nichts wie weg, bevor er mich entdeckt!

Unterkapitel IV-15: Du bist es?

* Der Name Qiming bedeutet aufsteigendes Licht.

!!
Patsch!
Seit wann ist er hinter mir her?!
Ich habe gar nichts bemerkt!
Patsch!
Klammer.

... Echt gekonnt! Jetzt ist Schluss mit der Höflichkeit!
Eh?
Grapsch!
Kommandeur Yan!!!!
... Boss Chen?

Du hier?
Das wollte ich dich gerade fragen!
Warum überfällst du mich hinterrücks?
Warum kleidest du dich wie mein Bruder?
Das ist jetzt nicht wichtig. Ich fürchte, Boss Chen, ich habe dich verletzt.
Lass mal sehen!
Spar dir die Mühe ...
Wollte meinen Bruder suchen, sehe von hinten seine Kleidung, packe ihn und schon hackt er mit zwei Messern wie ein Windrad auf mich ein, bin jetzt noch ganz benommen ...
Dank meiner Verkleidung hat Bruder mich nicht entdeckt! Morgen wähle ich ein anderes Outfit, und das Spiel geht weiter ...
Liebling! Da ist schon wieder dieser komische Typ von heute Morgen!

Vor vierzehn Tagen
... Das war keine große Mühe,
aber Herr Kommandeur wollen sich unbedingt revanchieren.
Das beunruhigt mich. Für Leute wie mich
ist es eine Ehre, Ihnen in Gefahr beizustehen.
Falls Sie in Zukunft Aufführungen der Chunyang-Truppe sehen wollen,
sind Sie herzlich eingeladen.

Andere Gefälligkeiten stehen mir,
dem kleinen Mann von der Straße, nicht zu.
Und Sie sollten ein wenig Zurückhaltung zeigen.
Meine Worte im Hotel gingen vielleicht etwas zu weit, doch sie kamen von Herzen.
Lassen Sie mich ab jetzt bitte in Ruhe.

Aber ich habe doch deutlich meinen kleinen Bruder gesehen.
Wieso hat er sich in dich verwandelt!
Tut mir echt leid! Zeig mir deine Wunde!
Danke, danke, nur eine kleine Blessur, nicht der Rede wert.
Da habe ich mich gefreut, meinen Bruder gefunden zu haben, und falle ausgerechnet ihm in die Arme,
das hat mich sehr verletzt.
Hm?
Da späht einer herüber, das muss wohl …

Klatsch!
Kommandeur Yan,
wenn Sie die Wunde sehen wollen,
!
wechseln wir besser den Ort.
(geflüstert) Folgt dir jemand?

… Gut, dass du mich darauf aufmerksam machst.
Wisch.
Ich bin den Spionen bis hierher gefolgt,
und in dem Moment hast du dich von hinten angeschlichen,
ich hielt dich für einen Komplizen von denen und schlug zu.
Wie schrecklich! Kann ich jetzt noch bereuen, so gehandelt zu haben …
Herr Chen hat seine Tugend aufs Spiel gesetzt, um mich auf die Gefahr aufmerksam zu machen.
Schon WIEDER eine Gefälligkeit. Ich werde sie nicht vergessen und mich revanchieren …
Bitte keine Dankbarkeit, das wäre mir lieber!

Ist denn die Wunde am Hals wirklich so harmlos?
Da unterschätzt du uns, im Vergleich zu den Verletzungen beim Training
ist das ein Wehwehchen.
Aber Kommandeur Yan, wie können Sie an einem so unsicheren Ort
ohne Bodyguard erscheinen?
Ich wollte vorhin schon fragen ... Beim letzten Abschied hast du dich von mir distanziert,
und jetzt machst du dir Sorgen um mich?

Kommandeur Yan machen sich viel zu viele Gedanken!
Sie entstammen vornehmen Kreisen.
Ich sollte den Sohn meines Erzfeindes nicht wohlwollend behandeln! Sobald man ihm den kleinen Finger reicht, nimmt er die ganze Hand.
Wenn Ihnen im Pekingopernmilieu etwas zustößt, fällt das auf uns zurück.
Zurück in die Stadt.
In Ordnung.
Bitte.
Nun machen Sie schon, großer Kommandeur. Dalli, dalli, wie beim Eilmarsch.
Ich muss meinen Bruder finden,
und kann Sie nicht begleiten.
Leise:
... Wer in Not nicht hilft, ist ein Schuft, das stimmt, aber wieso soll jemand, der seinen Groll runterschluckt, ein Edelmann genannt werden?

Wie meinen? Ich verstehe Sie nicht.
Ich dachte nur an den Text, den Sie einst gesungen haben.
Und wenn ich daran denke, wie Sie sich um mich kümmern, dann gebührt Ihnen die Heldenrolle.
Machen Sie sich nur lustig über mich,
wenn das so weitergeht, schäme ich mich, vor Ihnen aufzutreten.
Sie hatten doch gesagt, ich könnte jederzeit die Chunyang-Truppe besuchen. Wollen Sie die Einladung etwa zurücknehmen?
... Ich rede viel, aber ausgerechnet das haben Sie sich gemerkt.
Ach was.

Ich merke mir alles, was Boss Chen sagt.
Einschließlich, dass Sie keinen Kontakt mit mir suchen.
Sie können beruhigt sein, ich wollte Sie nicht belästigen.
Sonst wäre ich nicht in Verkleidung und ohne Bodyguard gekommen.
Wenn du mich nicht plötzlich von hinten gepackt hättest,
hätte ich heute nicht die Gelegenheit gehabt, dich zu belästigen.
Entschuldige! Ich habe dich wirklich für meinen Bruder gehalten.

Obwohl er der Sohn von Yan Botian ist und wer weiß was mit mir vorhat,
nervt er mich echt.
Warum bin ich es, dem diese Worte unangenehm sind ...
Haha, er sagt, er sucht seinen Bruder, kommt aber ewig nicht zurück,
und trifft sich stattdessen mit seinem Lover!
Was soll das! Sag sowas nie wieder!
Selbst wenn solche Witze von dir kommen, beleidigen sie mich.
Stimmt es denn nicht?
Was ist los mit dir? Geht dich überhaupt nichts an.

Was soll das? Du bist schließlich kein kleiner Junge mehr.
Interessieren sich denn nicht viele für dich?
Als dein Bruder kann ich dir vielleicht bei der Auswahl helfen.
Da mach dir mal keine Sorgen.
Ich möchte nur meine Rollen gut spielen. Für etwas anderes ist keine Zeit,
und auch keine Notwendigkeit.

* Chen Shimei, ein negativer Charakter in dem Stück, wird oft als Bezeichnung für einen Mann verwendet, der Frauen betrügt und mit der Liebe von anderen spielt.

Unterkapitel IV-16: Betrüger

* Non ti scordar di me
– Giacomo Puccini

*Peter Tschaikowski, Ouvertüre zu „1812“

1812
œ sempre un nido nel mio cuor per te ...
W-w-w-wei Xixing?!
Barmherzige Göttin Guanyin, ich wollte mich doch nur entspannen und jetzt begegne ich ausgerechnet diesem Herrn!

Bitte, Sie waren zuerst da.
Oh ... ja ... ja...
Großer Bruder, ich möchte die da.
Also wirklich! Bei meiner Aufführung schaute er grimmig wie ein Stinkgesicht und zu seiner eigenen Schwester ist er zuckersüß.
Anscheinend hat dieser Gockel mich nicht erkannt! Umso besser! Mit einem brutalen Mörder will ich nichts zu tun haben! Besser, ich mache mich aus dem Staub, solange er mich nicht erkennt!
Pekingoper? Äh ...
Sollen wir nicht besser eine andere nehmen?

Wenn du eine neue Platte willst,
dann schlage ich diese vor.
Aber meine Schulfreundinnen hören alle Pekingoper.
Das will ich auch! Sonst kann ich nicht
mitreden ...
Schnell weg, keiner hat mich gesehen.
Passe dich nie anderen an, nur um beliebt zu sein.

Anstatt anderen nach dem Mund zu reden,
ERENADES FOR STRINGS
TCHAIKOVSKY
DVOŘÁK
LISZT FERENC CHAMBER ORCHESTRA BUDAPEST
um sich angenommen und sicher zu fühlen,
solltest du sie lieber dazu bringen, über deine Themen zu reden.
Aber ich möchte mich mit meinen Freundinnen über Pekingoper unterhalten.
...
Na gut, wenn es deine eigene Entscheidung ist,
und nicht bloß anderen zum Gefallen, dann bleibe dabei.
Was möchtest du denn sonst noch?
Danke, Bruder!
Da.
Aber wieso hören die Schülerinnen einer Missionarsschule Pekingoper?
Schaut sich um.
Hmm...

Schreck!
Oh, das ist doch Boss Yao!
Eh? Was?! Er ist es!
Ach nein! Doch nicht!
... Wie?!
Alle Freundinnen schwärmen für ihn! Wie schön er ist!
Hab mich schon gewundert, wie diese Göre mich ohne Maske erkannt hat. Also doch nicht. Nichts wie weg!
Nicht das.

Wenn du dich wirklich für Oper interessierst,
dann probiere es mit den Klassikern.
Warum denn nicht?
er umgibt sich mit Leuten wie diesem Wei Zhengde, um …
Was diese Person singt, sind unerträgliche Schnulzen.
Und das ist noch nicht alles,
…
Nein, solche Sachen sind nichts für die kleine Xiyue.
Er ist einer aus Wei Zhengdes Clique.
Komm, lass dich von Bruder umarmen, ich kauf dir einen Lolly …
Würg, dieser Widerling!
Schluss jetzt, gleich und gleich gesellt sich gern.
Ich verbiete dir, mit solchen Leuten Umgang zu haben.

Ich weiß schon! Hör auf, von diesem widerlichen Mann zu reden …
So wie ich Sie verstanden habe, müssen Sie Boss Yao gut kennen.
… Wer sind Sie denn?
Vor lauter Schreck lüge ich schon.
Ich … ich … bin nur ein Fan von Boss Yao!
Du meine Güte, das ist Wei Xixing, der jeden, der ihm nicht passt, auf der Straße abknallt! Wie kannst du ihm ins Wort fallen? Bist du völlig übergeschnappt, Yao?
Du, ein Fan von Yao?
Mein Herr, Sie haben eben schlecht über Boss Yao gesprochen.
Um zu wissen, ob ich den Falschen verehre, brauche ich Ihren Rat!
… Den Unbeugsamen kann man töten, aber nicht demütigen. Auch wenn ich seine Kugeln fressen muss, ich will diesem Heuchler, der schlecht über mich redet, eine Lektion erteilen.

Deine Duftwolke habe ich längst bemerkt …
Du bist wohl selbst Sänger?
Xiyue, wir müssen zum Konzert. Gehen wir zahlen?
Ok.
Ich … Und wenn es so wäre? Auch Kollegen können einander bewundern!
Himmel, was rede ich!
Ich hab Sie was gefragt. Wieso gehen sie weg?
Hebt den Blick.
Hä?

Sie kennen Boss Yao gar nicht und sprechen schlecht über ihn.
Und der andere weiß auch nicht, wer Sie sind.
Danke für Ihren Besuch.
Rempel.
Über Unbekannte schlecht zu reden, das kann doch nicht richtig sein.
Seufz.
Was … was ist?

Ich muss Sie in Ihrem Zorn stören. Ihre Geldbörse wurde gestohlen.
Sie wollen mich doch nur ablenken ... ah?!
Du hergelaufener Dieb! Gib mir meine Geldbörse zurück!
Gütiger Buddha.
Hol sie dir doch ...
... Hoppla.

Danke ...
Nein, nicht! Nur weil Sie einen Dieb erwischt haben, muss ich Ihre falschen Behauptungen noch lange nicht dulden.
Sie kennen weder die Person noch die Hintergründe, Sie können nicht einfach ...

Patsch!
Bitte.
DREAM

Das war bestimmt der dicke Wei!
Ich habe ihn ein paarmal ins Restaurant begleitet, und schon ist mein Ruf ruiniert. Das muss sein Schwager mitgekriegt haben.
So wird es gewesen sein. Wenn mir mein Ruf lieb wäre,
dürfte ich nicht mal mit ihm essen gehen. Aber was soll ich machen? Die Leute sehen nur unsere schillernde Fassade.
Wer wagt schon, die Oberen zu beleidigen. Aber niemand will ihnen wirklich entgegenkommen. Mir wird schon schlecht bei dem Gedanken.
...
...
Tschuldigung! Mein Herr! Tschuldigung! Ich habe kein Geld mehr, ... deshalb ...

Tut mir wirklich leid!
Ich habe meine Lektion gelernt!
Haben Sie Erbarmen ...
Au!
Was?
Du Mistkerl ...
Auch wenn es ausweglos scheint, du musst dein Geld auf ehrliche Weise verdienen!
So was Niederträchtiges,
Wozu das Ganze ...
Mit kleinen Diebstählen schadest du dir nur selbst, und andere verachten dich.
Auch wenn es mal gut läuft, geht es nur um zeitweilige Befriedigung,
Stolz, Glanz ... wird alles nicht lange halten.

Nur man selbst weiß, was für ein Leben das ist ...
Papa! Mama! Verkauft mich nicht!
Mach uns keine Vorwürfe, Kind. Bei uns wirst du nur leiden.
Ich flehe euch an!
Es ist zwar hart, dich dorthin zu verkaufen, aber wenn du dir dort deinen Lebensunterhalt verdienen kannst,
dann kannst du wenigstens ein gutes Leben führen.
... Lügner!

Unterkapitel IV-17: Bittere Bemühungen

Zweiter Tag der Benefizgala

* Diese Art der Landschaftsballade mit Lokalkolorit stammt aus Suzhou, Südchina.

Mein heutiges Ich – eine junge Studentin – wie ein Vöglein, das den Käfig verlässt – nicht mal mein Bruder wird mich erkennen.
Das macht zwei Jiao, hier bitte.
Aha, der junge Ausländer, den ich gestern nicht mehr nach seinem Namen fragen konnte!
Zum Teufel, Qiming verabscheut und meidet mich. Wieso treffe ich ausgerechnet wieder seinen Bruder?
Geh nicht weg, lieber Freund!
Gestern nach der Oper habe ich dich gesucht, aber du warst verschwunden.
Und wie er aussieht! Eine so auffällige Verkleidung bringt doch nichts.
Sei doch nicht so kalt!
Willst du mich nicht in deine Loge einladen?!
Schau, unsere Verkleidung passt zueinander! Schicksal! Lass uns zusammen was unternehmen!

Кто ты?
[Russisch]
Wer sind Sie?
... Ach?
...
Человек , который ты танцевал с тобой вчера.
[Russisch]
(Der, der gestern mit dir getanzt hat.)
Hau ab!
Zieh mich nicht immer in so komische, ausländische Filmszenen rein!!!

Qiming, was hat dein Bruder bloß an der Uni studiert, er kann sogar Russisch …
In dieser Aufmachung wagst du es, mir nachzusteigen? Hast du nicht Angst, dass du mich verwechselt hast und ich dich zur Polizei bringe?
Verwechseln? Ich habe ein fabelhaftes Gedächtnis.
Ich hab mir sogar gemerkt, mit wie vielen Mädchen mein Bruder Händchen gehalten hat.
… Und? Wie viele waren es?
Da mein Bruder auf diesem Gebiet ziemlich unbedarft ist,
Warum interessiert er sich überhaupt dafür …

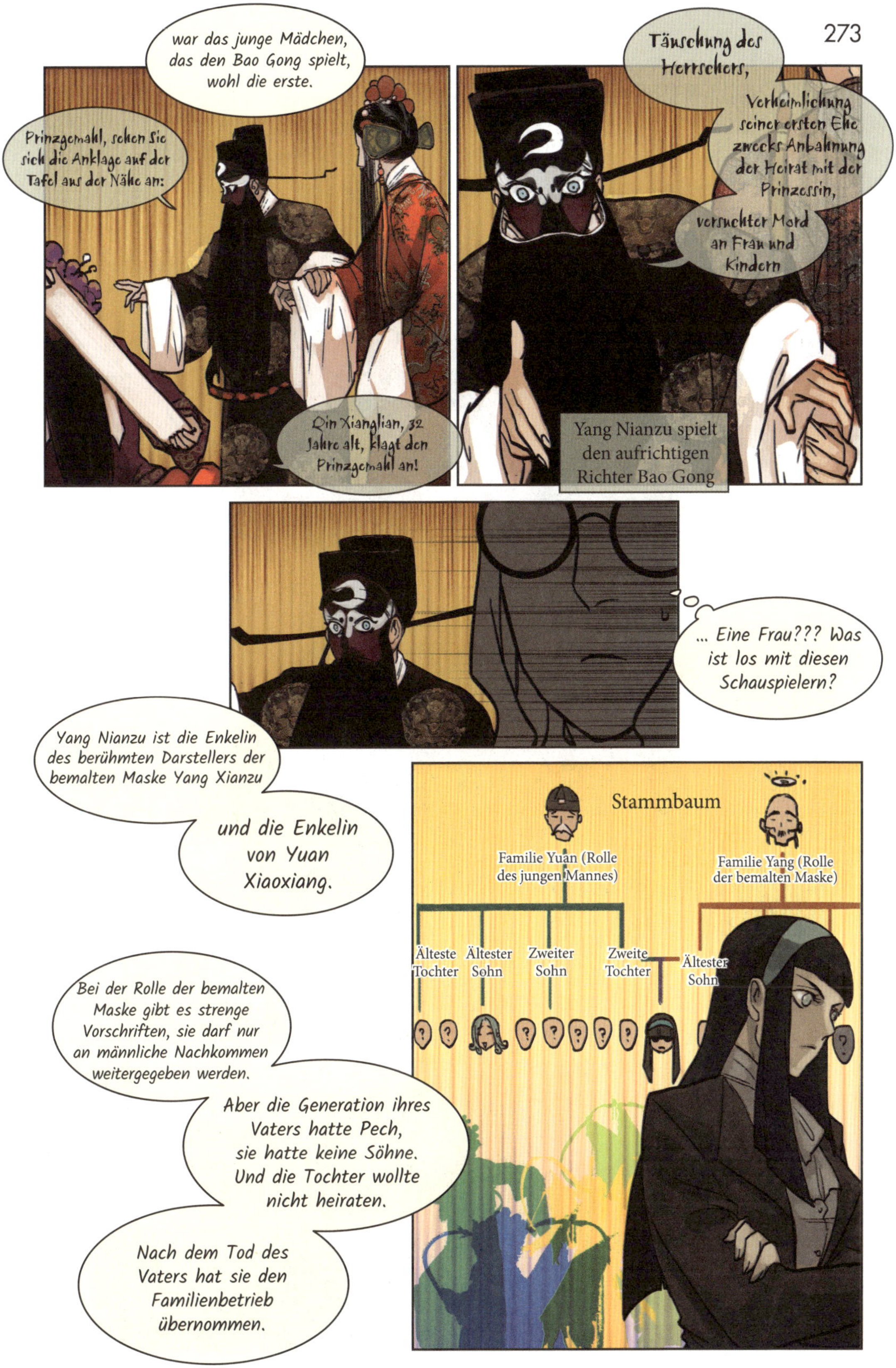
war das junge Mädchen, das den Bao Gong spielt, wohl die erste.
Prinzgemahl, sehen Sie sich die Anklage auf der Tafel aus der Nähe an:
Qin Xianglian, 32 Jahre alt, klagt den Prinzgemahl an!
Täuschung des Herrschers,
Verheimlichung seiner ersten Ehe zwecks Anbahnung der Heirat mit der Prinzessin,
versuchter Mord an Frau und Kindern
Yang Nianzu spielt den aufrichtigen Richter Bao Gong
... Eine Frau??? Was ist los mit diesen Schauspielern?
Yang Nianzu ist die Enkelin des berühmten Darstellers der bemalten Maske Yang Xianzu
und die Enkelin von Yuan Xiaoxiang.
Stammbaum
Familie Yuan (Rolle des jungen Mannes)
Familie Yang (Rolle der bemalten Maske)
Älteste Tochter
Ältester Sohn
Zweiter Sohn
Zweite Tochter
Ältester Sohn
Bei der Rolle der bemalten Maske gibt es strenge Vorschriften, sie darf nur an männliche Nachkommen weitergegeben werden.
Aber die Generation ihres Vaters hatte Pech, sie hatte keine Söhne. Und die Tochter wollte nicht heiraten.
Nach dem Tod des Vaters hat sie den Familienbetrieb übernommen.

... Han Qi wurde im Kloster zu Tode gebracht!
Die Anklageschrift liegt auf meinem Tisch!
Zersägt ihn mit dem Häcksel-messer!
Ich kann dieses Milchgesicht nicht ausstehen!
Treuloser Chen Shimei! Wenn nicht mein Bruder ihn spielte, würde ich ihn versohlen!
Dieser Chen Shimei kommt richtig widerlich rüber,
ganz anders als beim ritterlichen Mu Yuji, den er gestern gespielt hat!
Aber er sieht so toll aus. Wenn ich die Prinzessin wäre, würde ich ihn auch behalten.
Hoho, auch wenn ich anklagt bin,
wer wagt schon, mich, den Prinzgemahl,
Chen Qiming in der Rolle von Chen Shimei
anzutasten.

Was heißt schon Prinzgemahl,
selbst als Phönix- oder Drachenkind
Schlagt ihm die Beamtenhaube vom Kopf!
würde ich ihn nicht schonen!
Reißt ihm die Drachenrobe vom Leib!
Legt ihn in Fesseln!
Zersägt den Treulosen mit dem Häcksel-messer!
Was ist los, was soll das hier? Ich hatte mich noch geärgert, dass sie Chen Qiming einen Bösewicht spielen lassen, aber jetzt …
Welch wunderschöne Taille, Bruder Qiming.
Gut gesägt! Recht gesägt! Er soll schreien vor Schmerz!
Ich komme und helfe, dich fesseln!
Zu Hilfe, Kommandeur!
Guter Freund, endlich spürst du das Wunderbare an der Pekingoper!

Gut gesägt!
Chen Shimei, du sollst tausend Tode sterben!
Ufff ...
Fast wäre das Publikum auf die Bühne gestürmt, um mich zu verprügeln ...
Ach ja, gestern Abend war Bruder beleidigt, er nahm es mir wohl übel, dass ich nicht mit ihm geübt habe.
Ich muss nach ihm sehen.
In dieser Stimmung komme ich ihnen lieber nicht zu nahe ...
Warum spielt Xia Zhiqiu eigentlich wieder in der Chunyang-Truppe?
Wollte sie nicht mit ihrer Truppe brechen?
Immerhin ist es die Truppe ihres Vaters,
zwischen Vater und Tochter bleibt kein Zwist über Nacht.
Krack!

* Das Stück „Silang besucht seine Mutter" spielt in der Song-Zeit während des Krieges gegen das Jin-Reich. Yang Silang wurde gefangen genommen und aufgrund seines guten Aussehens und seiner Kriegskunst mit der Prinzessin verheiratet. Als erneut Krieg ausbrach, plagte ihn das Heimweh und mit Hilfe seiner Frau schlich er sich in das feindliche Lager, um seine Mutter, die die dortigen Truppen führte, zu besuchen.

Was glotzt ihr so scheinheilig!
Was steht ihr hier herum? Kümmert euch um euren eigenen Kram!
Wir freuen uns doch nur,
wieder gemeinsam mit Schwester Xia aufzutreten!
Freude? Mich freut das überhaupt nicht!
Bei dem einen Auftritt wird es bleiben. Ich komme nicht zurück!
Sprecht mich nicht an, sonst gehe ich auf der Stelle!
Bruder Yao, hast du ihnen nicht gesagt, welche Bedingungen ich für diesen Auftritt gestellt habe? Sag ihnen, sie sollen mich nicht weiter nerven, sonst …

Wenn du nicht reden willst, dann schweig. Aber eines muss ich dir sagen,
es gibt Grenzen im Umgang mit den anderen.
Bruder?
Schwester, ich glaube, du bist diejenige, die nicht klar sieht.
Ich bin dein einziger artner in der Truppe, liegt es daran, dass du mich als Freund schätzt,
oder willst du den Kontakt nicht ganz kappen und benutzt mich als Puffer für deine Launen?
Dem großen Bruder ist wohl eine Laus über die Leber gelaufen.
Normalerweise hört er doch immer auf sie.
Als er gestern Abend zurückkam, habe ich mich nicht mal getraut, ihn anzusprechen.
Du stehst mit Shifu auf Kriegsfuß und ziehst mich mit hinein.
Als der Soundso mich mit dem dicken Wei bekannt machte, hast du es nicht verhindert.
Glaubst du, dass du damit nur Shifu das Leben schwer machst?
Warum glaubst du wohl, hat uns Shifu das Stück „Silang besucht seine Mutter“ zugeteilt.
Ich muss dir ja wohl nicht sagen, was dieses Stück ausdrücken soll.
Warum gibst du nicht zu, dass du eigentlich wieder zurück willst?

Schwester!
... Oh?
Was ist los, Bruder?
Spielt euer Stück doch allein! Ich bin raus!
Wieso sagst du ihr das jetzt ins Gesicht?
Wo warst du überhaupt? Wieso kommst du erst jetzt?
Sie macht doch ständig Ärger und weiß selbst nicht, was sie tut. Darf ich nicht auch eine Meinung haben?
Bestimmt denkt sie so.
Irgendeiner muss es doch aussprechen.
Schluss damit!
Um diese Aufführung zu sehen, haben die Meister heute alle Proben abgesagt.
Xia Zhiqiu tritt wieder mit der Chunyang-Truppe auf. Alle Augen sind auf uns gerichtet. Wenn etwas schiefgeht ...
Zögert den Auftritt noch etwas hinaus!
Bei so viel Publikum darf nichts passieren!
Kommt, wir holen Schwester Xia zurück!

Grapsch.
Du nicht.
Du kennst doch Zhiqiu
und wie sie damals die Truppe verlassen hat.
Mit ein paar Worten wirst du sie nicht überzeugen können.
Falls sie nicht zurückkommt, müssen wir Ersatz finden,
und wenn du auch noch weg bist,
Gong!
haben ihr überhaupt niemanden mehr.

Der Gong ertönt! Zweiter Bruder, lass dir schnell etwas einfallen!
Was sollen wir nur machen?
Zweiter, dein Bruder ist da, er will dich sprechen.
Yaoguang? Ausgerechnet jetzt?
Eine halbe Tasse Tee später auf der Bühne
Xia braucht aber lange. Wer weiß, was sie wieder im Sinn hat.
Shifu hätte sie nicht auftreten lassen sollen, eine Vorstellung wird ihr Problem auch nicht lösen.
Für sie zählt die Chunyang-Truppe nicht.
Na endlich!
Gott sei dank!
... Hä?

Euer Getuschel ist lauter als die Geigen!
Die Saiten sind zu locker, die Schlangenhaut zu straff. Nach dem Stück werde ich's euch zeigen!
Zweiter Bruder?!

Unterkapitel IV-18: Was hat er denn gesagt?

Sind die beiden Spitzel heute nicht da,
oder haben sie sich besser getarnt, nachdem ich sie gestern entdeckt habe?
Freund, hast du ein Messer?
Eigentlich wollte ich nach dem Auftritt von Qiming gehen,
aber solange die Lage unsicher ist,
sollte ich vielleicht noch bleiben …
Moment mal, was hast du vor?
Ufff, so lang?

Ziemlich warm heute, habe zwei Melonen mitgebracht, aber das Messer vergessen.
Hast du mit dem Messer schon rohes Fleisch geschnitten?
... Gilt das auch für Menschenfleisch? Schon gut, ich jage ihm lieber keinen Schreck ein.
Hey, Zhiqiang!
Hier hast du ein Stück Melone, lass meinen Bruder auf keinen Fall wissen, dass ich hier bin!
Oh, Yaoguang? Tut mir leid, tschuldigung, hab dich nicht gesehen. Alles schon vergessen!
Nein! Darum geht es nicht. Ich muss zu den Shifus!
Aus Wut hat Xia Zhiqiu alles hingeschmissen, hinter der Bühne herrscht Chaos!

Was?
Mist! Wenn Xia Zhiqiu jetzt das Handtuch wirft,
verliert die Chunyang-Truppe ihr Gesicht.
Kann sie denn keiner ersetzen?
Die Loge von Boss Min und Boss Wang ist die übernächste. Ein Glück, dass wir keinen Unsinn geredet haben.
Wer denn? Im ersten Akt von „Silang“ kommt eine schwierige Stelle vor! Viele Stars sind daran schon gescheitert, und jetzt ist die Lage besonders heikel, weil es die Rolle von Xia Zhiqiu betrifft. Und wie sie das singt! Und wie viele Fans sie hat! Selbst wenn ein Ersatz gefunden würde, wer könnte sich beim Anblick ihrer Fans auf die Bühne wagen? Mit ihr als Vorbild? Am Ende muss wohl doch mein Bruder ran. Er würde die schwierige Stelle schon meistern, aber was er auch tut, es würde nicht gut aussehen für ihn!
Was sollen wir machen? Was ist da schief gelaufen …
Mein Bruder wird verzweifelt sein …

Chen Yaoguang, geh zu deinem Bruder, sag ihm, er soll auf jeden Fall den ersten Akt singen.
Sie sollen mit Schildern das Publikum informieren, dass Xia sich nicht gut fühlt und im ersten Akt ersetzt wird.
Ich gehe Xia zurückholen.
Wie denn? Sie ist ein störrischer Esel, den nicht mal ihr Vater bändigen kann.
Derjenige, der Xia zur Vernunft bringen könnte, ist noch nicht geboren! Wie kann ich in dieser Aufmachung vor meinem Bruder erscheinen! Ich hole mir den Tod!
Geh! Es eilt, ich sag's nicht zweimal.
Ah, hm, ... ja, ja, ja. Wieso hört dieser Mensch nie zu? Hab ich ihm überhaupt jemals meinen Namen gesagt?
Oh, die Melone rutscht ab.

Schwester! Bitte! Komm zurück!
Was soll
Shifu machen
ohne dich!
Ist mir egal! Ihr habt doch gewusst, wie es in all den Jahren mit uns stand!
Also fragt lieber ihn, ob ich ihm etwas bedeutete!
Ich soll den Silang singen? Mein Vater vergleicht mich mit einem, der sich dem Feind ergibt und doch am Vaterland hängt.
Was will er damit andeuten? Wenn er sich selbst als Silangs Mutter sieht, die ihren Sohn innig liebt, soll er mich gefälligst selber bitten!
Das ganze Theater, bloß damit Boss Min Ihnen mehr Beachtung schenkt!

Lange nicht gesehen, Boss Xia.
Wer?! Kommandeur Yan? Yan Ci?
Wen haben wir denn da, Kommandeur Yan.

Wir haben uns zwar nur einmal gesehen,
aber Sie haben mich tief beeindruckt. Wie es scheint, ist Boss Chen auch im Theater.
Wieso turteln Sie nicht mit ihm und kommen stattdessen zu mir?
Dann ist in den Augen von Boss Xia
das Theater also ein Ort zum Turteln?
Kein Wunder, dass Sie die Sache nicht ernst nehmen, auch wenn Ihr Stück dran ist.
Sie kommen und gehen einfach, wie Sie wollen.
... Du!
War nur ein Scherz, nehmen Sie's nicht zu ernst.

Natürlich weiß ich, dass Sie, Boss Xia, eine Berühmtheit sind, die die Oper ernst nimmt.
Also gehen Sie jetzt besser zurück.
Ihr Stück fängt gleich an.
Seltsam.
Was haben sie bloß alle mit diesem Chen Qiming?
Nicht nur mein Vater schützt ihn,
die ganze Truppe steht hinter ihm,
und Sie kommen extra zu mir, um für ihn zu sprechen?

… Was gibt's da zu lachen?
Nicht alle nehmen Boss Chen so wichtig.
Es sind eher Sie, Boss Xia, die ständig von ihm sprechen.
Ich … Das stimmt nicht!
Boss Xia, Sie kennen Chen Qimings Qualitäten doch am besten,
was fragen Sie noch?

Stimmt, er kann was.
Aber wenn ich ein Mann wäre, könnte ich genauso ...

Boss Xia, Sie stehen Männern in nichts nach.
Als Mann würden Sie alle anderen in den Schatten stellen, davon bin ich überzeugt.
Das wissen wir beide, die Frage ist, wie alle anderen es erkennen.

Ihre Beziehung zur Chunyang-Truppe ist kompliziert. Ich bin zwar noch nicht lange in Yanchang, habe aber schon einiges mitgekriegt. Ich verstehe Ihre Lage.
Im Publikum sitzen aber nicht bloß Fans der Chunyang-Truppe.
Wenn Sie jetzt aus einer Laune heraus Ihren eigenen Auftritt hinschmeißen, was glauben Sie, werden diese Leute sagen?
„Chen hat einen brillanten Chen Shimei hingelegt, da kann Xia nicht mithalten und hat sich vor Panik aus dem Staub gemacht!"
Würden Sie das wollen? Wenn Sie das Gefühl haben, besser als Boss Chen zu sein,
dann ist jetzt die Chance gekommen, um das öffentlich zu beweisen.

Ich an Ihrer Stelle würde diese Gelegenheit nicht verstreichen lassen.
Da oben auf der Bühne, das ist nicht Boss Xia!
Was steht da auf dem Schild?
Boss Xia fühlt sich schon seit Tagen nicht wohl,
sie muss sich kurz ausruhen,
der erste Akt wird anderweitig besetzt ...

Ich glaube eher, dass sie keine Lust hat.
...
Ich habe alles gesagt. Wenn Sie sich dadurch nicht überzeugen lassen,
muss ich Ihren Standpunkt akzeptieren.
Aber ...

… finden Sie
nicht auch?

Ich glaube, Sie wissen, was zu tun ist. Ich werde mich jetzt in meine Loge zurückziehen und auf Ihren Auftritt warten.
...
Qiuqiu, was hat er dir zugeflüstert?

Meine Prinzessin,
wir sind ein glückliches Paar.
Wenn die Prinzessin mir ein Treffen mit meiner Mutter ermöglicht,
werde ich mich im nächsten Leben als Hund oder Pferd revanchieren.

Ich würde dir ja gern den goldenen Pfeil als Passierschein verschaffen, fürchte aber, dass du dort bleiben wirst.
Wenn Prinzessin mir den Goldenen Pfeil anvertraut, werde ich ihn zurückbringen, sobald ich meine Mutter gesehen habe.
Uns wurde aufgetragen, einen Eid abzulegen,
jetzt musst du mir beim Himmel schwören!
Bravo!
Dieser Yang Silang ist wirklich großartig.
Kein bisschen schwächer als Xia!
Sogar besser!
Auch die Prinzessin hat sich heute besonders ins Zeug gelegt.
Im letzten Stück hat er die Rolle des Chen Shimei in einer anderen Tonlage gesungen. Toll, wie vielseitig er ist!
Achtung, jetzt kommt die entscheidende Stelle!
Ein Bad in der Menge und so viel Lob für Qiming. Für mich ist das wie ein Fest.

* Xiaofan: Dies ist eine Bezeichnung für ausländische Militärbeamte und Soldaten. Hier bezieht sie sich auf die eigenen Bediensteten.

* Um des komischen Effektes willen trägt Xia jetzt nicht das vorgesehene Kostüm.

Tu nicht so scheinheilig! Das ist mein Stück! Natürlich komme ich zurück!
Warum sollte ich ausgerechnet dir meine Rolle überlassen! Vorhin hat kurzzeitig mein Hirn ausgesetzt.
Mach den Weg frei! Zur Seite!
Also dein Lover ist echt eine Persönlichkeit.
Was für ein Schreck, zum Glück …
Super, zweiter Bruder.
Viel zu schade für dich!

Mein
Lover
... Was????
Moment mal, wen meinst du? Wie kommst du darauf?! Raus mit der Sprache?!??
Tu nicht so, als wüsstest du nicht, von wem die Rede ist.

Der große Kommandeur verfolgt mich, nur um mich zu überzeugen. Selbst ich war gerührt! Jemand wie du findet keinen besseren als ihn. Lass ihn ran, auch wenn es bedeutet, dass du deine Karriere aufgeben musst!
Ihr zwei Schwuchteln!
Das ist mehr als gemein. Schwester, wir haben doch gemeinsam gelernt. Warum muss du mich so bloßstellen?
?
Moment mal, sie hat „Großer Kommandeur" gesagt? ... Das darf doch nicht wahr sein ...

...
Wie ist es möglich, dass Yan Ci
von dieser Sache weiß? Vater, was hast du damals ...
Boss Xia ist wieder da!
Boss Xia!

Szenario,Text, Zeichnungen: Winslow und 若叶菌 Ruoyejun

Übersetzung aus dem Chinesischen: Susanne Hornfeck und Nelly Ma
Satz, Lettering, Lektorat: Yingqun Stille
Seitenlayout: Kim Strahl, Shujun Wong
Umschlagsgestaltung: Shujun Wong

Verlag der deutschsprachigen Ausgabe:
Chinabooks E. Wolf und E. Wu, Bühlstrasse 6, CH-8142 Uitikon-Waldegg
deutsche Niederlassung: Chinabooks Wu & Wolf GmbH, Turmstr. 4, D-78467 Konstanz
www.chinabooks.de | www.chinabooks.ch | www.manhua.ch | www.facebook.com/chinabooks.ch
www.twitter.com/chinabooks_de | www.instagram.com/manhua_at_chinabooks
www.tiktok.com/@chinabooks_manhua
Tel. 0041 (0)43 540 40 77 | 0041 (0)76 518 45 26 | bestellen@chinabooks.ch

Vertrieb an den deutschen Buchhandel:
GVA Gemeinsame Verlagsauslieferung Göttingen GmbH & Co. KG
www.gva-verlage.de
Postfach 2021, D-37010 Göttingen
Tel. +49 (0) 551 384200 -0 | Fax. +49 (0) 551 384200 -10 | E-Mail: bestellung@gva-verlage.de

Vertrieb an den deutschen Comicfachhandel:
Comic Base Berlin
www.comic-base-berlin.de
Baruther Str. 10, D-10961 Berlin
Tel. +49 (0) 30 - 6 94 38 55 | E-Mail: info@comic-base-berlin.de

PPM Peter Poluda Medienvertrieb e.K.
www.ppm-vertrieb.de
Industriestraße 18, D-32694 Dörentrup
Tel. +49 - 5265 - 9 55 88 55 | E-Mail: info@ppm-vertrieb.de

Erstauflage September 2023 – Printed in Germany

ISBN: 978-3-03887-019-7 (deutsche Ausgabe)